柳忠秧 著

柳忠秧诗歌选集

（一）

广州新华出版发行集团
广州出版社

图书在版编目（CIP）数据

柳忠秧诗歌选集：全四册 / 柳忠秧著. —广州：
广州出版社，2020.12
ISBN 978-7-5462-3114-3

Ⅰ. ①柳… Ⅱ. ①柳… Ⅲ. ①诗集－中国－当代
Ⅳ. ①I227

中国版本图书馆CIP数据核字(2020)第178919号

书　　名　柳忠秧诗歌选集（全四册）
　　　　　Liuzhongyang Shige Xuanji（Quansice）
出版发行　广州出版社
　　　　　（地址：广州市天河区天润路87号9楼、10楼
　　　　　邮政编码：510635　　网址：www.gzcbs.com.cn）
责任编辑　潘孟良　周振宇
责任校对　李少芳　蒋美秀　黄焕姗　张　苹
装帧设计　林舒巧
印刷单位　广州市快美印务有限公司
　　　　　（地址：广州市白云区广从五路410号
　　　　　电话：020-23336155）
规　　格　880毫米×1230毫米　　1/32
印　　张　20.375
字　　数　200千
版　　次　2020年12月第1版
印　　次　2020年12月第1次
书　　号　ISBN 978-7-5462-3114-3
定　　价　168.00元（全四册）

总序

世无孤品　芳华绝代

◎ 柳恩铭

3年前，忠秧匆匆度过了未知天命的人生，带着无限的眷恋回到了他历经苦难痴情不改的大地怀抱！忠秧离开后，我曾下决心，用一年时间，编辑《柳忠秧诗歌选集》，但是，最终因为心力不济，暂时停息，改用3年的时间完成。

为什么是3年？因为忠秧的诗歌含金量高、用典密度大，导致很多人读不懂。忠秧诗歌的读者群集中在学人、诗人、文学评论家等。我编辑《柳忠秧诗歌选集》目的是要将读者群扩大到高中及以上学历的范畴，需要对其作品做注释，工程量大，若非3年，如何能够？

为什么是3年？因为需要学养准备和学力回归。当中学语文教师时，我的治学聚焦在传统文艺学和西方美学；担任中学校长以后治学阵地转移到19世纪以来著名教育学家、心理学家、课程论专家的经典著作研究，近10年侧重儒家教育思想与西方教育思想的比较研究，最近3年侧重中国德育传统和西方道德教育理论的比较研究。今年的阅读游走于中国古典诗歌的长河之中，完成了《诗经心读》的著述。但是，忠秧的诗歌，尤其是代表作《楚歌》等传承了屈子精神、楚辞气度、盛唐气象，我需要深度体悟《楚辞》，才能找到解读的感觉。

为什么是3年？因为忠秧的诗歌本身就是一个庞大的体系，有绝句，有古风，有律诗，有白话诗，尤其是大气磅礴、气象万千的《楚歌》等代表作，一时之间恐怕很难感受其血脉，很难描述其气象，很难阐发其意蕴，很难抓住其神韵，很难深度发掘其美学价值。

诗坛已无柳忠秧，诗坛真的很寂寞。收集整理忠秧遗作，如同怀抱了一团火，夜深人静，辗转反侧；有时又如同怀抱了一块冰，夜半惊醒，一身冷汗。怀着情深，整理出版《柳忠秧诗歌选集》的责任，非我莫属，义不容辞。

柳忠秧何许人也？柳恩铭之胞弟。胞弟原名向前，笔名柳忠秧、柳郎，排行第三，我们家都称他老三。小时候，因为规避军阀家庭的成分，我们寄居在外婆家，作为长子，我比较早学会了忍耐、忍让、等待。但是，柳忠秧的性格却比我暴烈十倍，他无法忍受比他年长者的欺侮，又打不过人家，他就用石子砸房上瓦。外婆将他五花大绑，送到水井边威胁："你不认错，就沉到井里。"这些威胁对忠秧是无效的，最终是外婆选择妥协。儿时的柳忠秧倔强无比。

忠秧高中就读于湖北新洲一中，因为文学青年的激情与冲动，他想休学一年，集中精力当诗人。父亲因为坚守学校的岗位，不方便离开，责成我到新洲一中做思想工作。我做不通，就武力征服。在灯火阑珊的操场，我揍了他一顿，甚至用柔道的背摔将他甩出几米。但是，忠秧选择了坚持，我只能选择妥协——少年柳忠秧依然是倔强。也是在这个夜晚，我们兄弟俩，打完架之后，在新洲一中操场彻夜长谈。他谈了诗人梦、文学梦、家国梦，算是兄弟相知的开始吧！忠秧这一次休学，走遍了大江南北，走遍了万水千山。我的记忆中，除了西藏，其余的省市自治区他全都走过。这次穷游，为他后来歌唱长江、歌唱汉江、歌唱黄河、歌唱洞庭奠定了基础。

33年前，忠秧本来可以按照正常的时间节点参加高考，考上一所重点大学应该是大概率事件，但是他选择提前上鲁迅文学院，去实现文学的梦。大学尚未读完，他选择提前攻读文学评论的研究生，于是就读于华中师范大学研究生院。青年柳忠秧执着地追求自己的理想。随后，辍学，浪迹天涯，在中国960多万平方千米的土地上走遍了几乎所有能够落脚的地方，虽然在每个地方停留的时间都不超过一星期，但是所有亲戚朋友和父亲学生处，他都去过了。这一次牛虻式的游走，与高中那一次李白式的游览，内心感受的巨大差异，作为秘密，他带走了。我不知道，世界上更无其他人知道。但是，毫无疑问，其诗歌大开大合、大气磅礴的美学风格，显然有这两次游历的烙印。

他曾经于1990年5月，突然返回武汉，在武昌区举办了一场怀旧的诗歌朗诵会。后来，从人们的视线里整整消失了3年。1993年忠秧只身南下广州，另辟蹊径，独自创业。适逢邓小平南方谈话，广州充满活力和机会，他有幸认识湖北籍学者李明华先生，创办广州市企业评价协会，事业颇有起色。我记得当时评价协会将近半数的业务，都是他完成的。1994年底，我辞去武汉中学校长职务，南下就职于广州外语学院附设外国语学校，初衷是通过自身的努力，偿还家父英年病逝后的沉重债务，其实，还有一个此前从未对人讲过的动机，那就是父亲弥留之际，曾经嘱咐我："看住忠秧，管好忠秧，带好忠秧。" 1999年，他遭遇了人生的又一次蹉跌：数年积累的资产，一夜间归零。幸赖一帮朋友的关心支持，终于熬过寒冬。但，他决心从此不再独立做生意，只以顾问的身份，帮一些知名企业提供咨询服务。我劝他，找一个安静的岗位，做一份安分的工作，组一个安定的家庭，过一种安宁的生活。但是他选择了理想，选择了诗歌，选择了歌唱——为光明歌唱、为真理歌唱——这就是诗人柳忠秧。

对忠秧离去，长兄本当如父，我深深自责：没能帮助他营造一个不用奔波就能创作的环境。现在想来，从完成家父的遗命来看，我是失败的，毕竟我没有管好、没有看住、没有带好忠秧。虽然每次与忠秧见面，都要提醒：不可以无节制地饮酒，终究没有成功，他依然且行且饮且歌唱。我不知道，是否如他自己所说，没有酒就没有诗歌。但是，转念一想：假如我完成了父亲的遗命，最终改变了他，那又是怎样的结局呢？如果他被塑造成父亲和我期望的角色，也就意味着《楚歌》等作品不可能出现在这个世界上，意味着他的生命不可能在宇宙的长河中划过耀眼的轨迹。

我是忠秧的知己。这个世界上最懂他的人是我。

我懂他的苦难。30年前，在一个夕阳西下的傍晚，他背着行囊，匆匆忙忙，回到我身旁，停留不到十分钟，猛喝了几杯水，我将身上现金全部给了他，他转身就消失在暮色之中。他如此憔悴，如此疲惫……其实他不想走，其实他想留。但是，天下之大，何处是归途？何处是归宿？别人或许不懂，我懂，我心痛。30年前，又是一个夕阳西下的傍晚，他风尘仆仆，再次来到我身旁，适逢菜市场关闭，我只能用剩下的猪肉皮和萝卜煲了一锅汤，他狼吞虎咽，一边喝一边说：“汤真好，汤真好，汤真好……”我不知道他说了多少遍，但是我知道，数月颠沛流离，他没有睡过一夜安稳觉，没有吃过一顿饱饭，所以，那时那刻，他才觉得猪皮萝卜汤是世间最好的汤。他在喝汤，而我却在流泪。他真的太苦，太苦，太苦。26年前，他带了200元现金，只身南下，为了生存，有数十个夜晚，他与许许多多的农民工一起，就在广州火车站附近的立交桥下过夜。别人不知道，但是我知道。我知道他所经历的全部苦难。我曾经无数次大声疾呼，城市现代化是人本理念的回归，是民本思想的回归，是人文精神的回归，就是因为忠秧曾经的苦难让我感受到了中国最底层人民的艰难。

我懂他的诗歌。忠秧选择古体古风作为自己诗歌的美学追求，源头在我的父亲。初中阶段，我们兄弟三人都遵父训，阅读和背诵了《唐绝句100首》《唐宋词100首》——忘了哪家出版社出版的，但这是我此生阅读过的最好的选本。这两本小册子让我们从此有了诗和远方，也是我发愿要从《诗经》开始到舒婷作品为止，重新选编中国诗歌选集这一夙愿的动力源泉。我渴望比我年轻的一代又一代人能够读到中国最美的诗歌，我渴望中国教育能够恢复数千年的诗教传统。

忠秧的诗歌中蕴含深厚的学养和丰厚的人文精神。忠秧虽然比我好动，比我冲动，但是他也喜欢阅读，不过我俩的阅读风格却大相径庭。很多名家经典，我习惯于一本书读几遍、十几遍甚至几十遍，但是忠秧往往一目十行，且过目不忘。其诗歌创作中典故信手拈来，应该与他这种高速高效阅读分不开。他记忆力之强，众所皆知。不论是儿时的朋友，还是中学时代的同学，抑或是成年以后的熟人，只要见过一面，几年、十几年、几十年之后再次见面，他都能如数家珍一般详尽叙述初次相识的情景、话语等诸多细节。

忠秧诗歌“自君天下”的豪放源于他的信仰和梦想。忠秧这一代人在20世纪80年代读中学、大学，他和绝大多数那个年代的读书人一样，被中华民族伟大复兴的蒸腾气象所鼓舞，有着今天很多年轻人无法理解的理想和情怀。这是20世纪60年代出生的那一代人的特殊基因。这种基因一直流淌在他的血液中，他从没放弃，最多只不过是阶段性地隐藏。一旦有机会，就会如火山一样爆发出来。忠秧的理想和信仰，在他的诗歌中表现得酣畅淋漓。

我懂他的性情。忠秧为人处世，一如他的诗歌，随性而至。三年前送他远行的诗友，半数以上曾经与忠秧有过争论甚至争吵。事实上，我时常也和他争吵，他会肆无忌惮地在长兄面前暴跳和狂啸。只是临近离开的两三年，他与我相处时变得安静了，或者静静地看看电视，或者静静地喝茶，甚至只是静静地待一会儿——很多时候，什么也不说，什么也没说，似乎就是一种无言的陪伴。之所以如此，也许是因为这个在他妻子和我看来永远长不大的孩子，终于长大了。出乎很多人的意料，很多曾经跟忠秧发生过激烈争吵的学者、诗人、读者，恰恰都是他最珍惜的知己。久而久之，朋友们也如我一样懂他、容他、疼他、宠他。

真性情，才有真诗歌。其诗歌一如其人，至情至性，大开大合，大气磅礴。传承中国传统诗歌的神韵，有儒家的担当，有道家的潇洒，有诗经的淳朴与真诚，有汉赋的铺排与华丽，有楚辞的热烈与奔放，有魏晋名士诗歌的自我与放浪，有盛唐诗人的格局与气象，有宋代苏辛词派的雄浑与奔放。读之，荡气回肠，空谷传响，声韵悠长而弥漫着某种宿命的孤独和悲怆。

我懂他的追求。离世前的三五年来，他越来越奔放，越来越豪放，越来越狂放，妻子劝无用，我劝也无效。他在以某种不可名状的方式，散耗自己的生命。我隐隐觉得，他懂陈天华，他懂普希金，他懂李白，他懂梵高，他懂樱花……而我却懂他，活得太苦太累太疲惫，他的目标如此之崇高，而现实给他的空间却如此狭小。

忠秧是杰出诗人。十年前，忠秧已经在《四十自画》中，以诗句描写了自己的人生："身心只许汉与唐，善使风骨著文章。出自楚泽擎天勇，醉爱太白动地狂。把酒纵横千万里，百无一用徒悲伤。人间或有真君子，世无孤品柳忠秧。"民国高僧李叔同，提前数月预知自己的大限。当代诗人柳忠秧，也提前数年预言自己的归宿。如今，柳郎不在，孤品不再。悲夫！

著名诗人书磊先生在《李书磊中秋和柳忠秧诗》中，对忠秧的诗歌做了诗性定位："风神不振思汉唐，暂将月明读华章。潜心著书岂窥柳，使气为文如磨枪。数字世界万众喜，八股乾坤几人伤。对酒论文知音少，忽念南国有忠秧。"诚如书磊先生所言，人们在读书的时候会想起忠秧，人们在读诗的时候会想起忠秧，在写诗的时候也会想起忠秧。

很多人知道向前现在的笔名忠秧，不少人也知道忠秧另外的笔名柳郎。但是，极少人知道忠秧还有一个笔名——逆光。30多年前，忠秧还在就读高中二年级，发表第一首诗歌，出版第一本诗集的时候，他的笔名就叫作“逆光”。我曾经问他，为何叫“逆光”。忠秧的回答：逆光，追求光明。顺着光走，走向黑暗。逆着光走，走向阳光。——他实践了自己30多年前的诺言：逆光！他离开了大地，离开了诗坛。他以凤凰的姿态，逆光而行，走向阳光，走向太阳。

忠秧短暂而绚丽的一生，就是一首奔放的抒情诗。诗魂永在，诗歌永恒；柳郎忠秧，他在远方。

聊以为序，寄托无限的哀思和忧伤。

2020年4月15日

代序

楚歌一曲动江河

——读柳忠秧长篇古体组诗《楚歌》

◎ 谢冕（北京大学中文系教授、博士研究生导师）

较之新诗，《楚歌》应该属于旧体，作者将《楚歌》定位于“古体组诗”是适当的。中国旧体诗分古、近体，《楚歌》从体制上看，近于古诗歌行一类，但比旧时歌行，于奔放之中更显整饬。全诗五十章，每章十行，每行七字，基本上是一章一韵，间或有“兮”字的嵌入，则是明显的楚辞的元素。所以，《楚歌》是既保持了古体诗跌宕自如的气势，而又兼富近体诗讲究音韵美的一种诗歌体式。

据诗集注释本，作者赋予《楚歌》的含义有三：一是取自《项羽本纪》的垓下之歌；二是取自汉乐府中与横吹曲、鼓吹曲并称的楚调曲名（如“梁甫吟”）；三是启发感染于现代艺人演唱的同名歌曲《楚歌》的曲调和意境。这就暗示了现在我们看到的《楚歌》是一篇来自多方灵示的、融通今古的综合之作。作者是楚人，他选择以地理方位的楚地作为抒情的出发点，又在汗漫无际的人文时空中纵横驰骋他的想象力，从而铺陈咏叹楚文化的全部绚烂与华美。人们不难发现，贯穿全诗的理想精神，来自屈原和李白。屈原是楚国大夫，他的《离骚》和《天问》已是楚辞乃至中国文学的经典。而李白，他虽不是楚人，但楚文化影响并完成了他。酒隐安陆，仗剑去国，这已是中国文学史的佳话了。

我们从组诗的每一个篇章中，都可以看到上述两个伟大诗人的身影。屈原的悲情激愤，李白的潇洒豪放，综合奠定了柳忠秧《楚歌》的基本风格。因为是以楚为歌，所以大凡楚地的山川形胜、名士佳人、典章辞赋、文采风流，装点得《楚歌》缤纷华美，令人叹绝。但综观全篇，组诗的作者似乎并不拘泥于以楚入诗，大凡中华民族的英杰猛士，其丰功伟业足以壮人心魂者，尽可歌且咏之。从这个意义上看，柳先生的《楚歌》是一曲荡人心魄的中华正气歌。

我的这些印象，是从读《楚歌》的第一章就产生的。就在这一章，他开篇明志，“夜读春秋寻大义”，起点极高，可谓目穷八极，神游万里。他在这里先后提及的人物有俞伯牙、钟子期、李白、孔子、文天祥、屈原、司马迁、司马相如、卫青、霍去病、唐太宗以及宋太祖等。总共十行，极其绵密，其中涉及的有楚人，也有楚国外的人。他慨叹：

五千年来日月明
大江东去长空碧

他是以五千年的历史长卷为全视野的。柳忠秧写诗有一种阻挡不住的大气势，这取决于他的大胸襟。一曲《楚歌》的背景就是整部的中华文明史，柳忠秧囊括在胸，他写的是大诗。楚人多才气，更多狂气。沈德潜评李白“太白以气胜”，指的就是这种充盈诗中的气。眼下许多人写诗（旧体和新体），技巧是有的，就是缺“气”。柳忠秧不然，第三十四章讲“神韵古乐奏大吕/浩气精魂铸黄钟”，他追求的是诗中的黄钟大吕。

通读全诗，其间充满了悲悯乃至愤激之情。诗人为天下忧，对现世的失望，使他时作悲愤语——

我叹世间心不古
我哭寰中绝弦音
我号家国悲声远
九歌动地天亦惊

诗中出现的这个“我”，是屈原，是李白，也是诗人自己。最动人的就是这个“我”，嗟叹民生多厄“我恸众生多苦难/普济心舟渡慈航”。这里是一个慈悲怀，一颗菩萨心。诗人自称是“侠骨丹心痴书生”“把酒痛书大胸襟”。柳忠秧以诗歌的形式重现了屈原和李白的神韵，也无意间突显了诗人的自我形象：这是一个集热爱与悲悯于一身的情感丰沛的人，他有大情怀，他又有婉转缠绵的意绪。“我沐湘水吻湘妃/我思美人美人归/为伊不惧肝胆裂/为伊消得人憔悴”，他原是一个真切的性情中人。

楚人有才，楚女多情，风光绮丽的江汉平原是产生诗歌的地方。20世纪60年代初期，我曾有一段时间生活在江陵的星南乡。那里的稻田中镶嵌着无数水汪汪的池塘，那是古代云梦泽的遗留，那是《九歌》中湘君和湘夫人相会的地方。江汉平原水草丰茂，盛产棉花和水稻，更盛产美女——江陵的妇女的发髻上扎着红绒绳，插着闪光的银笄，她们印证着屈原和宋玉诗中的那些美丽的女性——那些神话中的湘夫人，都是现实生活中劳动着、歌唱并舞蹈着和爱着的女人们。

回到正题，就此打住。“黄鹤楼中吹玉笛，江城五月落梅花。”（李白《与史郎中钦听黄鹤楼上吹笛》）谨以《楚歌一曲动江河》之题，为作者贺。

[本文发表于《光明日报》（2011年5月21日）]

目录

柳忠秧的诗歌中蕴含深厚的学养和丰厚的人文精神。其诗歌一如其人，至情至性，大开大合，大气磅礴；传承中国传统诗歌的神韵，有儒家的担当，有道家的潇洒，有诗经的淳朴与真诚，有汉赋的铺排与华丽，有楚辞的热烈与奔放，有魏晋名士诗歌的自我与放浪，有盛唐诗人的格局与气象，有宋代苏辛词派的雄浑与奔放。读之，荡气回肠，空谷传响，声韵悠长，弥漫着某种宿命的孤独和悲怆。

楚歌[1]

（一）

夜读春秋寻大义，[2]

醉向伯牙觅知己，[3]

心怀李白笑孔丘，[4]

顶礼文公[5]求正气，

辞慕屈子[6]追司马[7]，

释义

[1]“楚歌”，本指楚地歌曲，与横吹曲、鼓吹曲同为汉代诗歌样式，主要用于歌唱。《史记·项羽本纪》：“项王军壁垓下，兵少食尽，汉军及诸侯兵围之数重。夜闻汉军四面皆楚歌，项王乃大惊，曰：‘汉皆已得楚乎?是何楚人之多也。’”自此以后，楚歌具有悲怆色彩。 [2]《孟子·滕文公》：“孔子成《春秋》而乱臣贼子惧。”《史记·孔子世家》：“《春秋》之义行，则天下乱臣贼子惧焉。”“春秋大义”是孔子儒家树立的价值标准。 [3] 用钟子期与俞伯牙知音的典故。钟子期是春秋楚国汉阳（今湖北省武汉市蔡甸区集贤村）人。伯牙奉晋王之命出使楚国，在汉阳江口，遇风浪，于是停泊在一座小山下，伯牙雅兴大发，开始弹琴。适逢钟子期砍柴，听得伯牙的琴声，击节叹赏。伯牙引为知己，相约第二年再来此地相聚。但是第二年伯牙再来，钟子期已死，于是伯牙就摔碎琴，以为天下再无知音，不再弹奏。 [4] 李白《庐山谣寄卢侍御虚舟》：“我本楚狂人，凤歌笑孔丘。”李白此诗用《论语》之典：“楚狂接舆歌而过孔子，曰：‘凤兮，凤兮！何德之衰！往者不可谏，来者犹可追，已而，已而！今之从政者殆而！’孔子下，欲与之言，趋而避之，不得与之言。”楚狂人是一个隐士，讥笑孔子的入世思想，李白即是此意。 [5] 文公：指文天祥。文天祥是吉州庐陵（今江西省吉安市青原区富田镇）人，也是楚人。 [6] 屈子：指屈原。 [7] 司马：指司马相如和司马迁。

武尊卫青霍骠骑。[1]

莫说唐宗怜[2]宋祖，

野草斜阳奈何兮。

五千年来日月明，

大江东去长空碧。

释义

[1] 武尊卫青霍骠骑：在文治天下的时候，不能放弃武功。诗人用汉代卫青、霍去病驱逐匈奴的典故告诉我们，能战方能言和，正所谓“犯强汉者，虽远必诛”。

[2] 怜：怜惜，可惜。

（二）

低眉行吟[1]愁兼恨，

仰面狂啸[2]古和今，

纵横捭阖纸与笔，

侠骨丹心痴书生：

悬臂可写动地诗，

释义

[1] 行吟：见于《楚辞·渔父》：“屈原既放，游于江潭，行吟泽畔，颜色憔悴，形容枯槁。” [2] 啸：是古代文人宣泄苦闷的一种方式，多见于名士。如《三国志·诸葛亮传》注引《魏略》形容诸葛亮，“每晨夜从容，常抱膝长啸”。

泼墨能抒通天情，

挥尺镇压妖风逆，

推砚直磨路不平，

掀桌横扫小蚍蜉，

把酒痛书大胸襟。

（三）

冲冠冷对千夫贼[1]，

怒发奔腾越王戟。[2]

且看遍地湖湘勇[3]，

山呼河应岳麓旗。

十面沧桑穿胸来，

释义

[1] 千夫贼：化用鲁迅《自嘲》之“横眉冷对千夫指，俯首甘为孺子牛”。 [2]越王勾践为报吴王之仇卧薪尝胆，本句“怒发奔腾越王戟”写极胸中之愤怒。 [3]湖湘勇：指湘军之勇或湘人之勇。

嗤目断喝吞熊罴[1]。

仗剑去国巡天下，

豪饮秋涛酹[2]赤壁。

满腔急流荡层垒，

九死汨罗殉真礼。[3]

释义

[1] 熊罴：见于毛泽东《七律·冬云》："独有英雄驱虎豹，更无豪杰怕熊罴。" [2] 酹（lèi）：把酒浇在地上，表示祭奠。 [3] 九死汨罗殉真礼：是诗人尚古思想的体现。真礼而非真理。礼是儒家的最高道德标准之一，是孔子的核心理念之一。

（四）

我歌云泽波汹涌，

我唱幽兰空谷深，

我吟情骚香万里，

我啸荒原横无际，

我忆寒梅夜不寐，

我抚芳琴无人听，[1]

我叹世间心不古，[2]

我哭寰中绝弦音[3]，

我号家国悲声远，

九歌[4]动地天亦惊。

释义

[1] 有人弹琴，无人倾听，最大的悲伤莫过于世无知音。 [2] 诗人以古为高，对人心不古的现象持批判态度，不是真心复古，而是借古喻今。 [3] 弦音：指儒家文明、礼乐文明。《庄子·秋水》：“孔子游于匡，宋人围之数匝，而弦歌不辍”。 [4] 九歌：原为楚地祭祀歌曲。《楚辞》中的《九歌》是屈原据民间祭神乐歌重新加工而成的，共十一篇，包括《东皇太一》《云中君》《湘君》《湘夫人》《大司命》《少司命》等。这里所说的“九歌”还带有“九种歌”之意，即“我歌”“我唱”“我吟”等九种。

（五）

人有病兮君知否？[1]

心有痛兮时不利。

冬尽去兮春不来，

叶茂盛兮花无期。

魂已归兮魄为雄，[2]

释义

[1] 化用毛泽东《贺新郎·别友》：“人有病，天知否？” [2] 化用《楚辞·国殇》：“身既死兮神以灵，魂魄毅兮为鬼雄。”

肝胆裂兮苦已极。

生不离兮义相与，

死不弃兮沧海碧。

日已暮兮烟霞眠，[1]

夜已明兮风云起。

释义

[1] 本句化用李白《梦游天姥吟留别》：“惟觉时之枕席，失向来之烟霞。”

（六）[1]

风云起兮泪飞扬，

神龙现兮大泽殇。[2]

风云起兮天地黄[3]，

红尘滚滚掩八荒。

风云起兮瑞气来，

释义

[1] 本章和前面五章共构成《楚歌》的第一乐章，属于序曲。诗人放纵情感，纵横上下，汪洋恣睢，高天流云，奠定了全诗的抒情基础。本章用刘邦《大风歌》的典故“大风起兮云飞扬”，别有深意。 [2] 神龙现于大泽，此述汉王刘邦的故事。据《史记·高祖本纪》：“高祖，沛丰邑中阳里人，姓刘氏，字季。父曰太公，母曰刘媪。其先刘媪尝息大泽之陂，梦与神遇。是时雷电晦暝，太公往视，则见蛟龙于其上。已而有身，遂产高祖。” [3] 天地黄：言风起云沙状。语出《周易·坤卦·文言》：“夫玄黄者，天地之杂也，天玄而地黄。”《千字文》又曰：“天地玄黄，宇宙洪荒。”

满腹经纶流紫光。

风云起兮路迢迢，

春色浪漫涌华芳。

风云起兮我心狂，

挽弓一怒射天狼。[1]

释义

[1] 用苏轼《江城子·密州出猎》的典故“老夫聊发少年狂”，“西北望，射天狼”。此外，《楚辞·九歌·东君》曰:“举长矢兮射天狼。”

（七）[1]

泱泱大楚根脉远，

昭昭山河雄天苍。

首领姜姓烈山氏[2]，

我祖神农称炎皇[3]：

睿智神明拓疆海，

释义

[1] 从本章开始，《楚歌》进入第二个乐章，诗人开始咏叹、赞颂楚国的灿烂文明和煌煌历史，尤其着力于楚地诞生的帝王将相、英雄人物。本章歌咏楚人的祖先神农炎帝。　[2] 烈山氏：为炎帝的姓氏。炎帝，烈山氏，号神农氏，又称赤帝，与黄帝并称为中华始祖。炎帝是中国上古时期的部落首领。　[3] 炎皇：指三皇（伏羲、黄帝、炎帝）之一的炎帝。西晋皇甫谧《帝王世纪》："神农起列山，谓列山氏，今随厉乡是也。"有学者认为，炎帝于距今6000年至5500年生活在湖北随州厉山。可见，炎帝是楚人的祖先。

五谷耕种百族昌，

演历兴贸[1]文明盛，

德比伏羲[2]万古扬，

弦琴[3]悠悠钟鼓[4]响，

耒耜[5]始创开天荒。

释义

[1] 演历兴贸：炎帝曾经推演历法，提倡贸易。 [2] 伏羲：又称宓羲、庖牺、羲皇，为上古三皇之一。 [3] 弦琴：炎帝曾制作琴，即神农琴。《帝王世纪》："炎帝都于陈，作五弦琴。"桓谭《新论》："昔神农氏……于是始削桐为琴，练丝为弦，以通神明之德，合天地之和焉。" [4] 钟鼓：楚国有编钟、虎座鸟架鼓等标志性的音乐器具，这里泛指楚国的礼乐文化。 [5] 耒耜：传说炎帝发明了耒耜，教人农耕，所以炎帝也被称为神农氏。

（八）[1]

聚神韵兮潜野茫，
龙骧[2]隐兮赭雾[3]苍。
望昆仑兮朝宗圣，
临三江兮乳雪汤[4]。
浴潇泉兮吮醴露，

释义

[1] 本章写楚先人“筚路蓝缕，以启山林”的艰苦创业。楚国从最早狭小的封地，一直扩张到今天湖南、湖北全部，以及重庆、河南、安徽、江苏、江西部分地区，成为春秋一等大国。 [2] 龙骧：古代宝马名。《齐书》：“齐太祖常乘所骑赤马入殿。及践祚，号此马为龙骧将军。” [3] 赭（zhě）雾：红褐色的雾。 [4] 汤（shāng）：如《岳阳楼记》：“衔远山，吞长江，浩浩汤汤，横无际涯。”

据罗霄[1]兮血脉张。

瞰五岭[2]兮云翻海，

仰大岳[3]兮紫玉昌。

一方血气凝狂楚，[4]

万载精华滋雄邦。

释义

[1] 罗霄：指罗霄山脉，此山脉中有万洋山、诸广山和武功山，位于湖南和江西的交界处。罗霄山地区有炎帝陵、汤湖温泉、井冈山等名胜。 [2] 五岭：由越城岭、都庞岭、萌渚岭、骑田岭、大庾岭组成，故又称“五岭”。在广东、广西、湖南、江西等省区边境。 [3] 大岳：指武当山，在古代武当山有“太岳”“玄岳”“大岳”等别称。 [4] 诗人认为，楚人崇尚“血性”与“狷狂”，故有此说。

（九）[1]

绝缨[2]宽显江海量，

葬马无言真君王：[3]

大鸟栖山[4]人不解，

壮志可酬定九苍。

三年不鸣岂无声？

释义

[1] 本章咏楚庄王。楚庄王（？—前591年），又称荆庄王，谥号庄。春秋五霸之一。 [2] 绝缨：出自楚庄王宽恕调戏其宠姬的臣下的故事。汉代刘向《说苑·复恩》："楚庄王宴群臣，日暮酒酣，灯烛灭。有人引美人之衣。美人援绝其冠缨，以告王，命上火，欲得绝缨之人。王不从，令群臣尽绝缨而上火，尽欢而罢。后三年，晋与楚战，有楚将奋死赴敌，卒胜晋军。王问之，始知即前之绝缨者。"后遂用作宽厚待人之典。 [3] 楚庄王死了一匹马，想以大夫之礼葬之。群臣中有很多人不同意，楚庄王主意已定。最后被乐人优孟所劝阻。 [4] 大鸟栖山：楚庄王"一鸣惊人"典故。典出《韩非子·喻老》："楚庄王莅政三年，无令发，无政为也。右司马御座，而与王隐曰：'有鸟止南方之阜，三年不翅，不飞不鸣，嘿然无声，此为何名？'王曰：'三年不翅，将以长羽翼；不飞不鸣，将以观民则。虽无飞，飞必冲天；虽无鸣，鸣必惊人。'"楚庄王继位，三年不理朝政。伍举进谏说："一只大鸟在山上待了三年，既不鸣叫，也不飞翔，这是为何？"楚庄王就说："这是为了一鸣惊人，一飞冲天。"从此楚庄王励精图治，终成霸业。

一鸣惊人傲天疆。

观兵洛邑求问鼎，[1]

春秋五霸耀辉煌。

莫说荆蛮不服周[2]，

天下盟主是楚庄。

释义

[1] 观兵洛邑与问鼎均是楚庄王的事迹。前606年，楚庄王伐陆浑之戎，一直打到洛水边，“观兵于周疆”，在周都洛阳陈兵示威。周王派王孙满去慰劳，庄王竟问“鼎之大小轻重”，楚庄王隐隐有“取周而代之”的霸气。 [2] 不服周：古代楚国属地（今湖南、湖北等地）的常用俗语，意指楚国不服周朝。

（十）

哀郢[1]都兮怀楚王，

星灿烂兮耀万方。

君威武兮鼓汉水，

凰凤歌兮舞大江。

悲莫悲兮城自毁，[2]

释义

[1] 哀郢：《哀郢》是《楚辞·九章》之一。“哀郢”，即哀悼楚国都城郢都被秦军攻陷、楚国亡国的往事。郢都是楚国后期的都城，位于湖北省荆州北离城8千米的纪南城。 [2] 本句化用《楚辞·九歌·少司命》：“悲莫悲兮生别离，乐莫乐兮新相知。”

痛且痛兮心将亡。

颂楚骚兮祭楚魂，

哭楚歌兮碎赤肠。

补天裂兮力不济，

寒汨罗兮国有殇。

（十一）

年复年兮岁月黄，
血和泪兮沧与桑。
穿恶浪兮迁田海，
涌大潮兮流悲壮。
精生灵兮龟映蛇[1]，

释义

[1] 龟映蛇：“龟”“蛇”二字见于毛泽东词《菩萨蛮·黄鹤楼》中的“龟蛇锁大江”，意指武汉长江大桥横跨于武昌蛇山和汉阳龟山之间。龟山和蛇山是长江边上两座90米左右高度的小山。

穷广宇兮夜未央[1]。

风连风兮春声急，

雨接雨兮秋怨长。

我向江河吟楚恨，

我临龙海龙海怆。

释义

[1] 夜未央：语出《诗·小雅·庭燎》：“夜如何其？夜未央。”“未央”，即未尽。

（十二）[1]

我惜项羽好儿郎，
横空出世世无双：
唯大英豪真本色，
满地雄黄满地伤。
我爱虞姬[2]好柔肠，

释义

[1] 本章咏西楚霸王项羽。项羽（前232—前202年），名籍，字羽，泗水下相（今江苏宿迁）人。前209年，项羽跟随叔父项梁在吴中起义，后称西楚霸王。秦朝灭亡后，在与刘邦的楚汉战争中失败。前202年，项羽兵败垓下（今安徽固镇东北、沱河南岸），突围至乌江（今安徽和县长江段西）边自刎。 [2] 虞姬：项羽的爱妃。项羽《垓下歌》："力拔山兮气盖世，时不利兮骓不逝。骓不逝兮可奈何！虞兮虞兮奈若何！"

伴君此去又何妨？

三军对决战鼓响，

万夫不当楚霸王。

扫尽阿房[1]无颜色，

从此不说秦始皇。

释义

[1] 阿房：指阿房宫，为秦王嬴政所修建的宫殿，极为豪华。相传西楚霸王项羽率领军队入关以后，纵火焚烧阿房宫。

（十三）[1]

运筹帷幄赖张良，

必战必胜韩信王。[2]

义师长驱还灞上，

恩泽父老约三章。[3]

大风起兮云飞扬，

释义

[1] 本章咏汉高祖刘邦。刘邦（前256—前195年），字季，沛郡丰邑（今江苏丰县）人。秦末任泗水亭长。秦二世元年（前209年）陈胜起义，刘邦起后响应，反抗秦朝暴政。前206年，秦王子婴向刘邦投降，秦朝灭亡。楚汉战争中，刘邦战胜项羽，开创了西汉王朝。刘邦与两汉，受楚文化影响很大，楚风很盛。 [2] 张良与韩信，一文一武，是刘邦建立大汉过程中的主要功臣。 [3] 前206年，刘邦率军攻占咸阳，推翻秦朝统治，与关中父老约法三章："杀人者处死刑，伤人者和抢劫者依法治罪。其余凡是秦朝的法律全部废除。"见司马迁《史记·高祖本纪》："与父老约，法三章耳；杀人者死，伤人及盗抵罪。"

威加海内耀龙乡。[1]

文功恢弘立强国，

猛士无敌守四方。

旷世雄才起草莽，

天潮浩荡颂刘邦。

释义

[1] 化用刘邦《大风歌》：“大风起兮云飞扬，威加海内兮归故乡，安得猛士兮守四方！”

（十四）[1]

卫霍名帅龙城将，[2]
千古功勋定国防。
开疆拓土征匈奴，
戎和百越兴雄邦。
五经传诵尚仁义，

释义

[1] 本章咏汉武帝。 [2] 卫霍，即卫青、霍去病，是汉武帝时期驱逐匈奴的大将。龙城将，出自王昌龄《出塞》：“但使龙城飞将在，不教胡马度阴山。”“龙城飞将”特指飞将军李广。作者把李广与卫青、霍去病相提并论，有为李广叫屈的味道。

崇尊儒术制纲常。[1]

罪己诏下黄河清，[2]

封禅泰山[3]日月光。

丝路[4]花语衍万里，

汉武雄风四海扬。

释义

[1] 汉武帝听取董仲舒的建议，“罢黜百家，独尊儒术”，开创中国用儒学治国的传统。 [2] 前89年，桑弘羊等人上奏建议派士卒到西域轮台去屯垦戍边，汉武帝制止了，认为太过劳民伤财，由此汉武帝反思了自己执政时期的不足，并下罪己诏，即《轮台罪己诏》。此处诗人也赞扬了汉武帝有自我反省、自我批判的胸怀。 [3] 封禅泰山：汉武帝曾经八次封禅泰山。 [4] 丝路：指丝绸之路。汉武帝派遣张骞出使西域，开通了丝绸之路。

（十五）[1]

并敌一向捣中军，

青史留名战昆阳[2]；

挟少胜多锐气盛，

大道正行灭枭莽[3]。

文韬武略怀山海，

释义

[1] 本章咏东汉光武帝刘秀。刘秀（前5—57年），字文叔，为汉高祖刘邦九世孙。刘秀9岁丧父，养于叔父刘良家，自幼好学，勤于稼穑，后求学长安，精研《尚书》。22年，刘秀发动反对王莽的起义，几年后建立东汉。刘秀在位33年，是中国古代十大明君之一。 [2] 战昆阳：昆阳之战是光武帝刘秀经历的最重要的一次战役。昆阳是河南平顶山市叶县的古称。23年，王莽派40万军队包围了昆阳，农民起义军只有8000多人。在被包围之后，刘秀率13名骑兵赴定陵、郾县调集援兵，获得步兵骑兵1万多人援昆阳。刘秀亲率千余精锐为前锋，反复冲锋，最终大破王莽军，取得了昆阳之战的胜利。 [3] 枭莽：指王莽。王莽（前45—23年），字巨君，篡汉建立新朝，为一世之枭雄，故曰“枭莽”。

君临八方望风降。

好儒任文智天下，[1]

以柔治国民富强。

九州自此又一统，

百代常诵光武煌。

释义

[1] 刘秀称帝后，注重儒学，偃武修文，在历史上号称“光武中兴”。

（十六）

魏武扬鞭临碣石，

沧海多情留遗篇。[1]

奇勋霸业追五帝，

奈何蒙奸千万年？[2]

割发代首[3]严军令，

释义

[1] 魏武：指曹操。此两句诗引用曹操的名作《观沧海》："东临碣石，以观沧海。" [2] 曹操一生虽然没有称帝，但是挟天子以令诸侯，因此传统的儒家对曹操持批判态度，认为他违反了君臣纲常。此处，诗人认为曹操功业直追五帝，却千古蒙冤。[3] 割发代首："割发代首"的典故最早见于陈寿《三国志》裴松之注引《曹瞒传》，后被写入《三国演义》。曹操发兵宛城时规定："大小将校，凡过麦田，但有践踏者，并皆斩首。"于是骑马的士卒都下马扶麦而过，但曹操的马却因受惊而践踏了麦田。按照规定，曹操必须被斩首。考虑到他是三军统帅，不能自杀，于是拿起剑割掉自己的头发，割发以代。

平扫北疆定中原。

建安诗赋蕴悲凉，

三曹[1]豪俊风骨壮。

文姬[2]归来胡笳伤，

孟德独有温柔肠。

释义

[1] 三曹：指曹操、曹丕、曹植父子。三人雅好文学，引领一时文风，号称“建安风骨”。 [2] 文姬：指蔡文姬。蔡文姬是东汉文学家蔡邕之女，蔡邕是曹操的挚友和老师。东汉末年，蔡文姬被掳到了南匈奴，嫁给了匈奴左贤王，生儿育女。十二年后，曹操统一北方，用重金赎回了蔡文姬。文姬归汉后，嫁给了董祀，并写下名作《胡笳十八拍》。

（十七）[1]

洪武[2]楚脉气雄狂，

光复汉祚更图强：

永乐[3]盛典传百世，

七下西洋凛而壮，

誓死护国于谦[4]勇，

释义

[1] 本章咏明朝的历史文化。 [2] 洪武：指朱元璋。朱元璋（1328—1398年），字国瑞，原名朱重八，濠州钟离（今安徽省凤阳县）人。战国中后期凤阳属于楚国地域。诗人反复研究历史后，认为朱元璋建立的明朝也是"楚脉"的一部分。 [3] 永乐：指明成祖朱棣（1360—1424年），朱棣是朱元璋第四子。建文元年（1399年）七月，朱棣发动靖难之役，建文四年六月攻入南京，夺得皇位，第二年改元永乐，史称为永乐皇帝。永乐皇帝在位期间，组织编修了《永乐大典》，并派郑和七下西洋。 [4] 于谦（1398—1457年），字廷益，号节庵，浙江钱塘（今杭州市上城区）人。于谦是明朝名臣。

清白最是海侍郎[1]，

守仁[2]居正[3]兴大明，

平寇援朝恩威长。

天下兴亡东林节[4]，

匹夫有责捍碧苍[5]。

释义

[1] 海侍郎：指海瑞。海瑞（1514—1587年），字汝贤，号刚峰，琼山（今属海南海口）人。海瑞曾任南京吏部右侍郎，故称海侍郎。 [2] 守仁：指王守仁。 [3] 居正：指张居正。 [4] 东林节：指东林党之气节。 [5] 碧苍：指苍天。这里喻指天下。

（十八）[1]

起风雷兮慨而慷，

除万难兮兴吾邦。

横千军兮如卷席，

开天地兮辟洪荒。

轻挥手兮从兹去，[2]

释义

[1] 本章是整个组诗第二乐章的最后一章。作者较多引用诗人毛泽东的诗词名句，对楚文化的英雄人物进行歌咏。 [2] 本句化用李白《送友人》：“挥手自兹去，萧萧班马鸣。”

遗真情兮动群芳。

文空前兮武绝后，

洒热血兮写华章。

旋小球兮睥[1]大宇[2]，

鸣今古兮奏绝唱。

释义

[1] 睥：眼睛斜着向旁边看，形容傲慢的样子。 [2] 大宇：指宇宙。

（十九）[1]

我游西陵过瞿塘，
夜幸神女眠峡江。[2]
我去乡关离故土，
只因胸有无穷伤。
我击楚歌歌霸王，

释义

[1] 从本章开始，《楚歌》进入第三乐章，一直到第二十九章。这一部分是诗人抒情，属于第二乐章歌咏楚地君王英雄、第四乐章歌咏楚地文化精英的过渡部分。 [2] 此句诗运用巫山神女的典故。据宋玉《高唐赋》："昔者先王尝游高唐，怠而昼寝，梦见一妇人曰：'妾，巫山之女也。为高唐之客。闻君游高唐，愿荐枕席。'王因幸之。去而辞曰：'妾在巫山之阳，高丘之阻，旦为朝云，暮为行雨。朝朝暮暮，阳台之下。'旦朝视之，如言。故为立庙，号曰'朝云'。""夜幸神女眠峡江"体现了楚人狂放精神。

至今犹哭英雄枉。

我喊上苍叹云长[1]，

义薄云天灵有光。

我恸众生多苦难，

普济心舟渡慈航。

释义

[1] 云长：指关羽。

（二十）[1]

我心不负我天良。

我心不负少年头。

我心不负我家国。

我心不负爱恨愁。

我心不负我知己。

释义

[1] 本章一口气用了八个排比，属于典型的大铺排、大抒情。

我心不负好春秋。

我心不负我忠烈。

我心不负志同酬。

浩叹此生情义重，

不负苍天负风流。

（二十一）

我诵佳话朱张渡[1]，

我咏芳菲橘子洲[2]，

爱晚亭[3]里说朝霞，

岳阳楼畔诉孤愁，

望断云涯伤无路，

释义

[1] 朱张渡：湘江上岳麓书院旁边一个渡口。南宋乾道三年（1167 年），朱熹从福建崇安专程来潭州造访湖湘学派代表人物张栻。岳麓与城南仅一江之隔，朱张二人经常同舟往返于湘江之中。后人为纪念两位理学大师，将此渡口命名为朱张渡。 [2] 橘子洲：湘江之中的一片沙洲，毛泽东曾在此作《沁园春·长沙》。 [3] 爱晚亭：湖南名亭，始建于清乾隆五十七年（1792 年），为岳麓书院院长罗典创建，原名红叶亭，后由湖广总督毕沅改名为“爱晚亭”。毛泽东曾与友人在此纵论天下大事。

山逢绝顶上高楼。

衣带渐宽何曾悔？[1]

为君悱恻为君忧。

灵浸五湖水自尽，

心拂冬阳光不流。

释义

[1] 本句化用柳永《〈蝶恋花〉（伫倚危楼风细细）》：“衣带渐宽终不悔，为伊消得人憔悴。”

（二十二）

我亲虹娘[1]七彩眩，

我拥香溪[2]愁肠悔，

我沐湘水吻湘妃[3]，

我思美人美人归。

为伊不惧肝胆裂，

释义

[1] 虹娘：诗人将彩虹女性化，故称虹娘。 [2] 香溪：原名县前河，发源于湖北省神农架骡马店，流经兴山、秭归两县。香溪流域是王昭君的故乡。 [3] 湘妃：指尧帝，后嫁舜帝为妻。姐姐叫娥皇，即湘夫人。妹妹叫女英，即湘妃。

为伊消得人憔悴。

我奔仙庭逑[1]红袖，

何妨再添百宗罪？

一曲楚歌鸣绝响，

万载真情万载泪。

释义

[1] 逑（qiú）：配偶。

（二十三）[1]

长江之水天之泪？
直泻千里坚必摧。
娘亲多少辛酸苦，
父君至今可轮回？[2]
云滔此去孤帆远，

释义

[1] 本章咏楚文化的母亲河长江。 [2] 此句诗与上句诗，以生我养我的父母，喻指长江。

我挽屈翁翼同飞。

通体鳞伤何忍睹？[1]

巫峡猿啼谁之罪？

残躯苟存焚野火，

心有大痛我自悲。

释义

[1] 此句诗直言长江的生态破坏，让人目不忍睹；也喻指长江母亲历经苦难。诗人呼吁推进生态环境建设。

（二十四）

我爱娥皇拥楚妃，
我断柔肠我自罪。
长歌当哭别时难，
情怀愁绪去不回。
此行君去无他路，

此行君去何时归？

我自生死无佳期，

我自生死我自醉。

今朝对饮诗与酒，

与君化蝶蝶成灰。

（二十五）

问苍穹兮无穷惑？

问厚土兮人不义？

问云水兮龙将逝？

问高山兮魂安依？

问惊雷兮无霹雳？

问赤地兮鬼披靡？

问昭妃[1]兮情终负？

问尔曹兮煎何急[2]？

问我怀兮哀将死？

天怒天谴天不欺。

释义

[1] 昭妃：指王昭君，姓王，名嫱，字昭君，楚地秭归（今湖北省宜昌市兴山县）人，汉元帝时入匈奴和亲。晋时，为避司马昭之讳，昭君改称明妃。 [2] 煎何急：语出曹植《七步诗》中的“相煎何太急！”

（二十六）

金蛇狂舞[1]盈御案，

风华逐浪雨成溪。

三户[2]依然踌躇志，

烈火雄魂壮士心。

提箸慢拨浮云去，[3]

释义

[1] 金蛇狂舞：为乐曲名，1934年聂耳根据民间乐曲《倒八板》整理改编，易名《金蛇狂舞》。 [2] 三户："楚虽三户，亡秦必楚。"见于《史记·项羽本纪》，此处指楚国的三大氏族，即屈、景、昭三氏族，暗示自己属于三氏族之列。 [3] 本句化用"借箸"的典故，见《史记·留侯世家》。刘邦的谋士郦食其建议刘邦重新拥立六国后代，刘邦准备采用。正好，张良前来拜见刘邦，认为这一做法无异于放虎归山。当时刘邦正在吃饭，于是张良就借了刘邦的筷子在饭桌上画了一番，刘邦一听如拨云见日。

举觞重拓寰球轻。

我欲性灵交爱神，

辗转不见思无凭。

我欲纵身擎天问，

何日能见云中君[1]？

释义

[1] 云中君：《云中君》为《楚辞·九歌》中的一篇，云中君即云神。王逸《楚辞章句》："云中君，云神丰隆也。一曰屏翳。"

（二十七）

夜渡芙蓉诉衷肠，

雾临龙溪洗真身。[1]

北擎玄岳[2]摩武当，

健步穿云登金顶。

饱含热泪向大洋，

释义

[1] 此句诗中的“龙溪”与上一句诗中的“芙蓉”，均为诗人虚构的河流名。诗人在组诗结尾处，仿屈原《离骚》之漫游天地。 [2] 玄岳：指玄岳门，始建于明嘉靖三十一年（1552年），是进武当山的第一重大门，是一座四柱、三间、五楼的石坊，全以石凿的榫卯构成。正中坊额上刻“治世玄岳”四字。玄岳门背倚武当山，俯瞰丹江水库，景色壮观。

南泻洪波倾洞庭。

梦骑黄鹤赴瑶池，

昼叱猛虎任驰骋。

凭栏漫说风云好，

挺怀豪放五洲澄。

（二十八）

不知今夕是何夕[1]？

不知人间有真情？

不信春风唤不回。

不信琴台无知音。

何日白雪回江南？

释义

[1] 今夕是何夕：见《诗经·唐风·绸缪》："今夕何夕，见此良人？"又见刘向《说苑》所载由楚人所翻译的《越人歌》："今夕何夕兮，搴舟中流。今日何日兮，得与王子同舟。"

何日暖潮抚我心？

难道苍茫无绝唱？

难道青春终无魂？

我问九天生死恨。

我向九天我自君[1]。

释义

[1] 自君：是自君天下之意。自君天下，是诗人的一个观点，意指追求绝对的精神独立和思想自由。

（二十九）

我自君临九天明，
梨雪浅唱江湖[1]清。
百媚春华千草绿，
仪态万方花自芬。
胸怀仙衷向茫宇，[2]

释义

[1] 江湖：指三江五湖，此处江湖用的是本义。在靠水路运输的时代，由长江、洞庭湖、鄱阳湖等组成了一个庞大的水网，各种商船、客流往来不息，俗称“跑江湖”。

[2] 诗人由楚人的死亡崇拜，转而思考神仙的问题：面对茫茫宇宙，人是否能超越生死，物我齐一？

无限柔情死抑生？

我巡九天九天暖，

我爱大地大地亲。

人在时空吟诗语，

灵致大美心永恒。

（三十）[1]

星辰有轨列自序，
日月无人燃自明。
逝者如斯归一体，
上善若水[2]柔不争。
紫气东来神仙路，[3]

释义

[1] 本章是《楚歌》第四乐章的第一章，歌咏楚文化在漫长历史时代中的重要代表人物老子。老子（约前571年—约前471年），即李耳，字聃，楚国苦县历乡曲仁里（今河南省鹿邑县）人。老子是中国古代伟大的哲学家和思想家，是道家学派创始人，著有《道德经》，提出“道法自然”“无为而治”等哲学观点。 [2] 上善若水：语出老子《道德经》：“上善若水，水善利万物而不争。” [3] 此句化用杜甫《秋兴八首》的诗句：“西望瑶池降王母，东来紫气满函关。”指老子出函谷关时，紫气东来。

终南山西起祥云。

无为而治太上君[1]，

性命双修道德淳。

函谷关前五千言[2]，

百世身后万年经。

释义

[1] 太上君：指太上老君。在道教的传说中，老子修炼成仙，成为太上老君。

[2] 五千言：《道德经》共五千余字，故称五千言。传说《道德经》是老子出函谷关时留下来的。

（三十一）[1]

惊世骇俗哲玄远，

缜密精微意何深？

纵吟庄骚逍遥行，

物我两忘生死轻。

天地之正御六气，[2]

释义

[1] 本章咏庄子。庄子（前369—前286年），名周，战国时期宋国蒙地（今安徽省蒙城县）人。庄子是先秦时期著名的思想家，但他一生总体上是隐士，只做过漆园吏。庄子是道家思想的创始人之一，他的思想恢宏雄奇，崇尚自由。在庄子逝世后几十年，蒙地为楚考烈王所攻占，成为楚地。《史记》中记载，楚威王曾有意聘庄子为相，被庄子拒绝。因此，庄子跟楚国有很多交集。 [2] 语出《庄子·逍遥游》：“若夫乘天地之正，而御六气之辩，以游无穷者，彼且恶乎待哉！”

心道合一待无形。

君子大美而不言，[1]

万类自由更纯真。

洁身自爱梦蝶[2]美，

隐者最是乐清平。

释义

[1] 此句诗化用《庄子·知北游》："天地有大美而不言，四时有明法而不议，万物有成理而不说。" [2] 梦蝶：指《逍遥游》中"庄周梦蝶"的典故。

（三十二）[1]

我踏云梯赴王庭，
携邀屈圣[2]再行吟。
天地动容河山雨，
英华凝聚孤掌鸣。
世无佳句有离骚，

释义

[1] 本章专颂屈原。 [2] 屈圣：指屈原。诗人把屈原提升为楚文化的精神领袖，所谓“无君则无楚国魂”。

人有混沌无天问。

嗟呼左徒[1]空怀璧，

满江遗志满江恨。

有楚一代有灵均[2]，

无君则无楚国魂。

释义

[1] 左徒：为楚国官名，屈原曾任楚怀王左徒。从职能上说左徒入内参与议论国政，发布号令，出则接待宾客，是比较重要的官职。 [2] 灵均：指屈原。

（三十三）

盘龙城[1]里缅商汤，
耒水[2]岸边念炎农[3]。
问鼎中原[4]忙逐鹿，
春秋称霸战国雄。[5]
傲对希腊映罗马，

释义

[1] 盘龙城：位于湖北省黄陂县，距武汉市区仅5千米。盘龙城最早发掘于1954年，是我国长江流域目前发掘出的唯一一座保存较为完整的商代早期城市遗址，是殷商文明发展中的一个重要坐标。故诗人在盘龙城缅怀商汤。 [2] 耒水：是湘江最长的支流，发源于湘赣边界的桂东县烟竹堡，流经郴州市的资兴市、永兴县，衡阳市的耒阳市、衡南县及市区，在衡阳市耒河口汇入湘江。 [3] 炎农：指炎帝神农氏。 [4] 问鼎中原：是楚国历史上最为雄壮的史事之一，见于《史记·楚世家》。 [5] 楚庄王在位的前613年至前591年，是楚国最强大的历史时期之一。当时楚国不仅问鼎中原，而且战败强大的晋国，成为春秋五霸之一。

汪洋辟阖宇宙锋。

上下求索遗绝品，

荡气回肠越时空。

秋月秋雨吟楚骚，

千年伤悲千年痛。

（三十四）

祝融南徙[1]举香火，

筚路蓝缕[2]开先锋。

披荆斩棘求进取，

海纳百川雄楚风。

上天直与君神饮，

释义

[1] 祝融南徙：司马迁《史记·楚世家第十》："重黎为帝喾高辛居火正，甚有功，能光融天下，帝喾命曰祝融。"楚国先人为帝喾的"火正"（掌管用火的官员），因此帝喾称之为祝融。后来其子孙熊绎南迁，因此诗人称为"祝融南徙"。 [2] 筚路蓝缕：形容楚先人创业之艰。《左传·昭公十二年》记载："昔我先王熊绎辟在荆山，筚路蓝缕，以处草莽，跋涉山川，以事天子。"

五洋啸唱屠蛟龙。

江河放歌涌荆天，

气贯长虹吞云梦。[1]

神韵古乐奏大吕，

浩气精魂铸黄钟[2]。

释义

[1] 此句诗化用孟浩然《望洞庭湖赠张丞相》：“气蒸云梦泽，波撼岳阳城。” [2] 黄钟、大吕为音律名。《国语》记载，前522年，周景王想铸造钟，向乐官州鸠询问有关音律的问题，州鸠讲了关于律和数的关系，并列举了十二律的名称，即黄钟、大吕、太簇、夹钟、姑洗、仲吕、蕤宾、林钟、夷则、南吕、无射、应钟。诗人所言黄钟、大吕，喻指民族大义、文化品格、崇高精神。

（三十五）[1]

痛斩白蛇我独尊，
尽扫王侯开太平。
海清河晏文景治，
邦固基深帝为轻。
光武仁厚消糜烂，

释义

[1] 本章咏西汉开国皇帝汉高祖刘邦、东汉开国皇帝光武帝刘秀，落脚点在“汉家天下楚国风”。首句诗述汉高祖斩白蛇起义。

匡复社稷图中兴。

二十八宿[1]照皇宇，

唤我豪杰死复生。

汉家天下楚国风，

刘项千秋大英雄。

释义

[1] 二十八宿：指助刘秀夺得天下的二十八位功臣。东汉永平三年（60年），汉明帝刘庄在洛阳南宫云台阁命人绘下二十八名将的画像，被称为云台二十八将。

（三十六）

我偕李白乘仙风，

凌云驾雾蜀道通[1]。

悬壶喝尽江河水，

停杯狂放拒皇封。

玉树临池群妃舞，

释义

[1] 蜀道通：化用李白乐府古辞《蜀道难》，诗人反其意而用之。

脚踢高监[1]笑玄宗。

天庭王庭两不诏，

我自逍遥更从容。

斗酒香飘千万里，

诗绝天歌势如虹。

释义

[1] 高监：指唐玄宗宠信的宦官高力士。段成式《酉阳杂俎》曾记载李白让高力士脱靴之事，应为民间传说，非信史。

（三十七）[1]

我拜荆州张江陵[2]，

人间已无真居正。

我服叔大[3]敢历行，

一条鞭[4]下济黎民。

我铭文忠盖世功，

释义

[1] 本章咏明代改革家张居正。 [2] 张江陵：张居正（1525—1582年），字叔大，少名白圭，号太岳，谥号文忠，湖广江陵人，又称张江陵。晚明权相，力主改革，取得了一定成绩。 [3] 叔大：指张居正。 [4] 一条鞭：指张居正推行的“一条鞭法”，主要是关于地方税收的改革。

匡扶大厦之将倾。

我崇白圭[1]奇睿智，

无与伦比拯朱明。

太岳此去太寂寞，

我吟天诗[2]伴君行。

释义

[1] 白圭：指张居正。 [2] 天诗：意指诗是血液里的东西，不需要学，也学不来；天诗是唯一的，他人无法模仿，诗人自己也无法复制。也指诗人的创作境界——或喜从天降，或悲从中来，便如神灵附体，一时手舞足蹈，形诸笔墨，信手拈来，浑然天成，斐然可诵。

（三十八）[1]

无穷风骚颂而农[2]，

独步寰宇启愚蒙：

脚踏木屐登天梯，

头顶油毡骨如松。[3]

六经学贯开生面，[4]

释义

[1] 本章咏清代思想家王夫之。 [2] 而农：王夫之（1619—1692年），字而农，号薑斋，晚年居衡阳之石船山，世称船山先生。明末清初思想家、哲学家，与方以智、顾炎武、黄宗羲同称明末四大学者。 [3] 王夫之在反清失败后，回湖南躲避，从此出门都是手擎雨伞或油毡，脚踏木屐，以示自己“头不顶清朝天，脚步不踏清朝地”。 [4] 此句诗化用王夫之自题画像的对联：“六经责我开生面，七尺从天乞活埋。”

身教言传天下公。[1]

坐集千古穷儒智，

绝代峥嵘气恢宏。

君子无欲行天下，

圣者远去万人从。[2]

释义

[1] 此句诗化用王夫之的名言“身教重于言传”。 [2] 诗人认为王夫之是圣贤，所以追随者众多。

（三十九）

悠悠远古汇巨脉：
煌煌蔡侯[1]承文踪，
从丛书院孕俊杰，
巍巍船山[2]坐巅峰，
亭亭周子[3]美鸿儒，

释义

[1] 蔡侯：蔡伦（约62—121年），字敬仲，东汉桂阳（今湖南郴州）人。汉和帝时，蔡伦入宫做皇帝的侍从，后来升任尚方令，负责管理皇室工厂。元兴元年（105年），蔡伦在总结前人经验的基础上，发明了造纸术。 [2] 船山：指王夫之。 [3] 周子：周敦颐（1017—1073年），字茂叔，号濂溪，道州营道县（今湖南道县）人，晚年定居庐山莲花峰下，以家乡营道之水名“濂溪”命名堂前的小溪和书堂，故人称濂溪先生。他与邵雍、张载、程颢、程颐并称为“北宋五子”，号称“理学之祖”。

堂堂湘军擎天勇，

铮铮抗敌视死归，

烈烈殷血半壁红，

煜煜衡峰[1]柱南国，

风华绝代代无穷。

释义

[1] 衡峰：指衡山，五岳之一，位于湖南省衡阳市南岳区，海拔1300米。

（四十）

看我湖湘玉生辉，

观我楚雄冠天穹：

穿云破雾识魏源[1]，

恭尊左公[2]胜卧龙，

屡败不败真国藩[3]，

释义

[1] 魏源：魏源（1794—1857年），名远达，字默深，湖南邵阳人，近代中国“开眼看世界”的第一人，著有《海国图志》。该书记述了世界各国的地理、历史、经济、政治、军事和科学技术等。书中提出了“师夷长技以制夷”的著名观点，是洋务运动的思想者。 [2] 左公：左宗棠（1812—1885年），字季高，号湘上农人，湖南湘阴人，晚清重臣。平定太平天国运动，开办洋务，镇压陕甘回变和收复新疆等功绩成就了其千古美名。 [3] 国藩：曾国藩（1811—1872年），初名子城，字伯涵，号涤生，谥文正，湖南湘乡府人。晚清重臣，创立湘军，平定太平军。官至两江总督、直隶总督、武英殿大学士，封一等毅勇侯。

横决无双猛嗣同[1]，

鼎造民国倚克强[2]，

松坡[3]挺拔国士风。

衮衮诸公猛回头[4]，

楚歌长鸣警世钟。

释义

[1] 嗣同：谭嗣同（1865—1898年），字复生，号壮飞，湖南长沙浏阳人，著名维新人物，“戊戌六君子”之一。 [2] 克强：黄兴（1874—1916年），字克强，湖南善化（今湖南长沙）人，中国近代民主革命家，同盟会创始人之一，民国元勋。他在楚地的革命活动对辛亥革命有重大影响。 [3] 松坡：蔡锷（1882—1916年），原名艮寅，字松坡，湖南邵阳人。反对袁氏称帝，护国名将。 [4] 猛回头：陈天华（1875—1905年），字星台，亦字过庭，别号思黄，湖南新化人，著有《猛回头》，为唤醒国人而投海自杀。

（四十一）[1]

我赋楚辞敬涤生，
恭敬外王仰内圣：[2]
求仁博览经史集，
治学立雪朱程门[3]；
投笔为匡社稷正，

释义

[1] 本章咏曾国藩。 [2] 此句诗中的“外王”“内圣”，出自《庄子·天下》：“是故内圣外王之道，暗而不明。”后来成为儒家的一个治世理想。外王，是指对外要行王道政治。内圣，是指在自己内心的人格修养上要做圣人。此句诗意谓，曾国藩要将内圣与外王结合起来。 [3] 立雪朱程门：化用“程门立雪”的典故，意谓曾国藩治学服膺程朱理学。

挟理以行[1]扶乾坤。

卧薪尝胆精化碧，

空前绝后冠名臣。

壮势横扫秋风叶，

孤灯独照忠义心。

释义

[1] 挟理以行：这里直接引用了曾国藩论文势的一句话，“气能挟理以行，而后虽言理而不灰”。

（四十二）[1]

身无半亩忧天下，
书破万卷交古人。[2]
大将西征杨柳绿，[3]
金瓯已补凯歌行。[4]
十年豪建千秋业，

释义

[1] 本章咏晚清重臣左宗棠。 [2] 左宗棠二十三岁结婚时，在新房自写对联："身无半亩，心忧天下；读破万卷，神交古人。" [3] 化用左宗棠之友浙江巡抚杨昌睿《恭诵左公西行甘棠》："大将筹边尚未还，湖湘子弟满天山。新栽杨柳三千里，引得春风度玉关。" [4] 金瓯，喻指国家。这一句诗赞美左宗棠收复新疆，让国家处于完整状态。

四海纵横笑孔明。[1]

宇内无双好男儿，

唐宗以降首功勋。

文越西汉两司马，[2]

武盖人杰一天擎。[3]

释义

[1] 左宗棠自比诸葛孔明，与人写信，不署自家姓名，只署“老亮”。 [2] 左宗棠自称“文章西汉两司马，经济南阳一卧龙”。自诩文章接近西汉司马相如、司马迁，而在经时济世上堪比诸葛亮。 [3] 此句诗歌颂左宗棠收复新疆等不世勋业。

（四十三）

柳郎仙游醉江城[1]，

行吟阁[2]上听天音。

何家玉笛吹春雨？

五月梅花落芳心。

大川历历碧潮急，

释义

[1] 江城：指临江的城市。根据诗意，此处的江城，应指今武汉地区。 [2] 行吟阁：位于武汉市东湖西北岸听涛轩东侧的小岛上，于1955年兴建，取《楚辞·渔父》中屈原“行吟泽畔”之意命名。阁中有郭沫若手书“行吟阁”匾额，阁前有屈原的塑像。

芳草萋萋风烟鸣。[1]

黄鹤楼下洪波起，

白云端里紫气生。

瑶池作别俏西子，

魂向东湖睡美人。

释义

[1] 此句诗化用唐人崔颢《黄鹤楼》中“晴川历历汉阳树，芳草萋萋鹦鹉洲”一句。

（四十四）

数我荆天风流多，

赞我江汉好星云：

励精图治施新政，

劳歌已作楚人吟；[1]

大师开山熊十力[2]；

释义

[1] 新政是在讲张之洞的洋务运动，其事业主要在湖北武汉。他也把湖北视为第二故乡，自命楚人。“劳歌已作楚人吟”借用张之洞原句。见张之洞《奉答柯逊庵中丞》：“方悟离乡庄舄老，劳歌已作楚人吟。” [2] 熊十力：熊十力（1885—1968年），湖北省黄冈人，著名哲学家，新儒家开山祖师，国学大师。著作有《新唯识论》《原儒》《体用论》《明心篇》《乾坤衍》等。

泰斗潜心黄侃[1]诚；

巨匠贤哲汤用彤[2]；

闻公[3]红烛殉国民；

万言勇士胡风决[4]；

黄河怒吼寰宇清。[5]

释义

[1] 黄侃：黄侃（1886—1935年），字季刚，湖北蕲春人，著名文字音韵学家，信奉“惟以观天下书未遍，不得妄下雌黄”，发愿50岁后才著书。重要著述有《音略》《说文略说》《尔雅略说》《文心雕龙札记》《日知录校记》等数十种。黄侃治学为人，非常注重“诚”。 [2] 汤用彤：汤用彤（1893—1964年），字锡予，祖籍湖北省黄梅县。著名哲学史家、佛教史家、教育家。曾任北京大学副校长、校长。著有《汉魏两晋南北朝佛教史》《隋唐佛教史稿》等。 [3] 闻公：闻一多（1899—1946年），原名闻家骅，字友三，湖北浠水人。新月派代表诗人，中国民主同盟早期领导人，后被国民党特务杀害。 [4] 胡风决：胡风（1902—1985年），原名张光人，湖北蕲春人。现代文艺理论家、诗人、文学翻译家。胡风对现代文学史上重要创作流派“七月派”的形成和发展起了重要作用。胡风性格刚烈、决绝，故称“胡风决”。 [5] 这里喻指楚故地湖北诗人张光年的组诗《黄河大合唱》的巨大历史意义、文化意义。

（四十五）[1]

楚师奋起武昌红，
千年皇祚黯然终。[2]
艳云丽雨笼荆山，
青天白日照大同。[3]
百族共和享五权，[4]

释义

[1] 本章咏辛亥革命。辛亥革命在武昌打响第一枪，这跟楚人的奋勇是有很大关系的。黄兴、宋教仁等楚人在辛亥革命及民国建立过程中的重大功绩值得深入研究。[2] 1911年的武昌起义，终于结束了中国漫长的皇权政治的历史。此句诗化用唐人刘禹锡《西塞山怀古》中的一句"金陵王气黯然收"。 [3] "青天白日照大同"是写实，同时也暗指民国国旗。1906年，在未来中华民国的国旗问题上，孙中山与黄兴发生激烈争论。孙中山主张沿用兴中会的青天白日旗，而黄兴认为应该用井字旗，象征平均地权。1912年中华民国成立后，参议院议决以五色旗为国旗，以青天白日旗为海军旗。后来直到1927年，蒋介石北伐成功，青天白日旗才成为中华民国国旗。 [4] 辛亥革命后，孙中山提出了汉、满、蒙、回、藏"五族共和"的思想。五权，即孙中山提出的"五权宪法"，包括立法权、司法权、行政权、弹劾权和考试权。

三民主义不世功。

碧血黄花开新国，

浩气凛然驱长空。

人间一自辛亥始，

华夏从此有春风。

（四十六）[1]

湖湘健儿[2]雄楚血，
精忠报国好气节。
决死决胜真猛士，
无惧无畏勇如铁。
为有牺牲多壮志，[3]

释义

[1] 本章为《楚歌》第四乐章的最后一章，主要歌咏楚人在抗日战争中的英勇事迹。 [2] 健儿：在唐玄宗开元二年（714年），边镇兵勇已有“健儿”的称号，又称长征健儿、长行健儿、兵防健儿。 [3] 1959年，毛泽东在阔别三十年后重回韶山，作《七律·到韶山》：“为有牺牲多壮志，敢教日月换新天。”诗中借用此句诗。

大江南北战旗猎。

前仆后继倭胆寒，

气吞霄汉强虏灭。

一寸山河一寸血，[1]

万古忠贞万古烈。

释义

[1] 1944年9月16日，蒋介石号召全国知识青年积极从军，提出“一寸山河一寸血，十万青年十万军”的口号。

（四十七）[1]

征蒙荒兮何畏难？
建繁盛兮华彩溢。
横江河兮风雪逆，
荆庄[2]霸兮雄国屹。
民主神兮导儒家，[3]

释义

[1] 从本章开始，至整组《楚歌》最后乐章，再咏楚国楚地的历史人物、文化精神。 [2] 荆庄：楚庄王（？—前591年），又称荆庄王，他是春秋时楚国最有作为的国君，是春秋五霸之一。“问鼎中原”和“一鸣惊人”的典故就来自他。 [3] 此句诗化用季梁的话。季梁，又称季氏梁、季仕梁，春秋初期随国大夫（比孔子早200年）。李白誉其为“神农之后，随之大贤”。季梁对随楚关系格局影响重大，辅佐随侯期间，提出“夫民，神之主也。是以圣王先成民而后致力于神”的唯物主义思想，对儒家思想有一定影响。

子文[1]廉兮忧社稷，

记循吏兮叔敖[2]始，

子胥[3]悲兮春申[4]义。

云灿烂兮千百年，

文辉煌兮传万熙。

释义

[1] 子文：指令尹子文，是春秋时期楚国人，令尹是官名，相当于宰相。令尹子文在楚成王八年至三十五年（前664—前637年）期间任令尹二十八年。《论语》中记载了他的事迹："子张问曰：'令尹子文三仕为令尹，无喜色；三已之，无愠色。旧令尹之政，必以告新令尹。何如？'子曰：'忠矣。'曰：'仁矣乎？'曰：'未知；焉得仁？'" [2] 叔敖：孙叔敖，楚国荆州人，《孟子》中提到"孙叔敖举于海"，即孙叔敖在海子湖边被楚庄王举用为楚国令尹，孙叔敖以贤能名世。司马迁《史记·循吏列传》将他列为第一人。 [3] 子胥：伍子胥本为楚国人。周景王二十三年（前522年），因遭楚太子少傅费无忌陷害，父兄为楚平王所杀，被迫出逃楚国，发誓必倾覆楚国，以报杀亲之仇。后帅吴兵攻入楚都，掘楚平王墓，鞭尸三百下，以泄仇恨。 [4] 春申：春申君，东周时期著名的战国四公子之一，门下食客三千，食客人数在战国四公子中最为庞大。

（四十八）

开山宗兮立大派，

吟苍黄[1]兮咏天意：

哀民生兮多艰辛，

长太息兮以掩泣。[2]

交彩凤[3]兮莫能追[4]，

释义

[1] 苍黄：指天苍地黄，借指天地。毛泽东《七律·人民解放军占领南京》：“钟山风雨起苍黄，百万雄师过大江。” [2] 此两句为引用屈原《离骚》的原句。 [3] 彩凤：指彩色的凤。李商隐《无题诗》：“身无彩凤双飞翼，心有灵犀一点通。” [4] 莫能追：借用刘勰《文心雕龙·辨骚》“屈宋逸步，莫之能追”。

愤九天兮我心寄。

比屈宋兮孟夫子[1]，

泊枫桥兮眠张继[2]，

独性灵兮抒三袁[3]，

幽孤峭兮识楚璧。[4]

释义

[1] 孟夫子：指唐代诗人孟浩然，他亦是楚国人。“孟夫子”引自李白《赠孟浩然》“我爱孟夫子，风流天下闻”。[2] 张继：晚唐人，作为诗人，他最著名的诗是落第之后写成的《枫桥夜泊》。[3] 三袁：指明代后期“公安派”代表作家袁宗道、袁宏道、袁中道。三袁中以袁宏道最为著名，他主张独抒性灵，不拘格套。三袁在晚明文坛出现后，引起很大反响，前后七子所倡导的“文必秦汉，诗必盛唐”、持续百余年的复古思潮因而衰退。[4] 此句诗咏叹以竟陵人钟惺、谭元春为首的“竟陵派”。竟陵即今湖北天门。“竟陵派”在文学上主张“幽深孤峭”的艺术风格。

（四十九）

征程萧瑟飞鸣镝[1]，

傲骨昂然霜寒逼。

狂歌高唱家邦美，

宏词铿锵山河移。

鼓我胸膛豪与气，

释义

[1] 鸣镝：指响箭。

动我壮怀烈更激。

百万军中擒上将，

金戈铁马杀劲敌。

长风破浪荡楚天，

拼将血性夺旌旗。[1]

释义

[1] 此句诗写楚人的血性。

（五十）

凤凰神动开天眼，

扬子[1]波兴潇湘[2]晴。

凝眸遥望骛八极，

怒火飞传烽烟檄：

春潮激荡鼙鼓响，

释义

[1] 扬子：指长江。 [2] 潇湘：最初见于《山海经·中山经》言湘水“帝之二女居之，是常游于江渊。澧沅之风，交潇湘之渊”。到唐代中期，“潇湘”不单意指湘水，也指以洞庭湖为中心的楚国腹地。

浩气漫卷西风急。[1]

雄诗澎湃诗如海，

笑谈江山吟天地。

离骚国里多奇韵，

一曲楚歌鬼神泣。[2]

释义

[1] 此句诗化用毛主席诗词《清平乐·六盘山》中的一句“红旗漫卷西风”。

[2] 楚文化有个特点，即巫、鬼、人、神等九界相通。

国骚[1]

——辛卯端午悲殇秭归屈原

驱烈骢兮驾青阳

飞瑶池兮跨仙江

奔春潮兮眺五岳

乘春风兮饮天浆

邀娥皇兮赏宫月

释义

[1] 诗人从屈原的《离骚》等楚辞作品吸取了大量灵感，其风格接近“骚体”“楚辞体”，故诗名“国骚”。

迎春讯兮歌潇湘

清冽湖兮沐圣水

濯我足兮浴沧浪[1]

听鸿语兮思公子

梦龙娇兮断柔肠

释义

[1] 此句诗化用屈原《渔父》：“沧浪之水清兮，可以濯吾缨；沧浪之水浊兮，可以濯吾足。”

梅深情兮沁心房

橘有馨兮兰有香[1]

文灿烂兮华如虹

魂冰洁兮魄留芳

胸沉郁兮鼓暮瑟

释义

[1] 此处仿屈原《离骚》，用香花香草，形成一个象征系统，衬托出诗人自身的高洁，从而与“浊世”形成鲜明对比。

灵有映兮神有伤

劈浊世兮穿长夜

挽强弓兮射天狼[1]

怒百俗兮怜百丑

扪天良兮照洪荒

释义

[1] 此句诗化用屈原《楚辞·九歌·东君》：“举长矢兮射天狼。”

闻春声兮动云樯[1]

漫洪波兮展浩荡

行巴陵[2]兮吟野草

忆岁月兮生惆怅

悲巫水兮呼屈子[3]

释义

[1] 云樯：指船上的帆樯，也借指船舶。五代韦庄《和郑拾遗秋日感事一百韵》："海边登桂楫，烟外泛云樯。" [2] 巴陵：是湖南岳阳的古称。 [3] 巫水源出巫山，为沅水的支流。屈原的一些作品，就创作于沅水、巫水流域。故诗人悲巫水，而呼屈原。

恸千年兮哭国殇

痛茫夜兮招楚魂

吊湘君[1]兮慨沧桑

祭先灵兮追故里

咽楚歌兮唤楚乡

释义

[1] 湘君：为湘水之神。一说即巡视南方时死于苍梧的舜。

铺心涛兮陈衷肠

慰左徒[1]兮暖寒江

贞大节兮殉大礼

圣天地兮洁天荒

取大义兮舍身小

释义

[1] 左徒：指屈原。

崇高风兮景辉煌
颂大国兮咏大美
拥河山兮尚荣光
涌天雨兮泪国骚
起诗潮兮壮雪滔

悲莫悲兮悲楚王

痛且痛兮孤柳郎[1]

大风起兮云飞扬

挑长剑兮巡九方

穿迷途兮寻渊哲[2]

释义

[1] 此句诗化用《楚辞·九歌·少司命》：“悲莫悲兮生别离，乐莫乐兮新相知。”孤柳郎，指诗人自己。[2] 渊哲：渊博的哲理。

罄傲竹兮染华章

横江天兮鼎大道

宽茫海兮博汪洋

承宏脉兮秉雄霸

礼天下兮兴旧邦

苦何极兮忧我君

病已肓兮哀庙堂

携太白兮戏贵妃[1]

击高节兮骂皇纲

啸瑶庭[2]兮嘲仙帝

释义

[1] 太白：指李白。李白曾奉唐玄宗之命，为杨贵妃作《清平调词三首》，其中说："借问汉宫谁得似？可怜飞燕倚新妆。"将杨贵妃比赵飞燕，或有失敬之意。 [2] 瑶庭：指瑶池，为传说中西王母的居住地，位于昆仑山。

酹长天兮喊上苍

世沉沦兮江河下

我独醒兮四顾茫

仰天啸兮归去也

我独醉兮血脉张

彻心腑兮裂肝胆

绝天歌兮我心狂

临君山[1]兮望远海

登雄楼[2]兮叹兴亡

越时空兮生死恨

释义

[1] 君山：古称洞庭山、湘山，在洞庭湖中，与岳阳楼遥遥相对。 [2] 雄楼：指岳阳楼。

独高台兮天地怆

吹晨箫兮觅青弦[1]

昭日月兮天地朗

怀万里兮揽壮色

擎九界[2]兮开天疆

释义

[1] 青弦：指清弦，一种乐器。南朝鲍照《代朗月行》："靓妆坐帷里，当户弄青弦。" [2] 九界：泛指天、地、人、神等各界。

世何污兮心高洁

魂兮归来[1]灵德彰

人何恶兮我独良

魂兮归来碧清江

补天裂兮时不济

释义

[1] 魂兮归来：屈原《楚辞·招魂》：“魂兮归来！东方不可以托些。”

魂兮归来遗绝唱

凛生死兮撼大宇[1]

魂兮归来奏绝响

孤行吟兮独天问[2]

继屈圣兮有柳郎

释义

[1] 大宇：指宇宙。 [2] 天问：屈原有长诗《天问》，此处诗人化用屈原之意，即问天。

楚颂

大江东去，精魄沧浪

物华天宝，神龙滥觞

祥云高天，碧空坦荡

睿智神明，耒耜始创

五谷百草，耕种辨尝[1]

释义

[1] 此句诗开始歌咏楚人的远祖炎帝。

高山流水，韶音悠扬
洗耳恭听，美哉洋洋
千古知音，一曲绝唱
生死不渝，莽莽苍苍
天籁潺潺，松青蕊芳

我祖煌煌，熊绎先王[1]

辟在荆山，起于草莽

筚路蓝缕，跋涉洪荒

漫漫青史，煜煜荣光

千年不息，地老天荒

释义

[1] 此句诗开始歌咏楚国先祖熊绎。熊绎，芈姓，熊氏，名绎，熊狂之子，祝融氏分支鬻熊一支的后裔。周成王时代，成王封赏文王、武王功臣的后代，于是熊绎受封为楚君，赐“子男”田地，封在丹阳。

苍穹丽水，源远流长

万种风情，恢弘气象

日月同辉，巫鬼欢唱

心骛八极，云游九方

悠悠故土，壮美雄邦

泱泱大国，肇兴丹阳[1]

征伐进取，兼容开创

并城扩境，裂地封疆

气盖洞庭，势掩南阳

兵指武关，戈向苍茫

释义

[1] 丹阳是楚国最早的国都，位于湖北省宜昌市秭归一带。《史记·楚世家》载："熊绎当周成王时，举文武勤劳之后嗣，而封熊绎于楚蛮，封以子男之田，姓芈氏，居丹阳。"楚国先祖熊绎就封在丹阳。据考证，楚国国都定在丹阳，有三百年时间，故诗人咏叹"泱泱大国，肇兴丹阳"。

凤披五彩，神气飞扬

三年不鸣，一鸣楚庄[1]

革新变故，内安外攘

伐陈败宋，观兵周疆

问鼎天下，主霸称王

释义

[1] 此句诗开始歌咏楚庄王。

吴起[1]变法，奋勇图强

攻越取吴，饮马长江

东临大海，西抵巴康

北至关陕，南达岭广

逐鹿中原，扫合南方

释义

[1] 吴起：吴起（前440—前381年），卫国（今河南鹤壁一带）人，先后在鲁、魏、楚三国做过官。在楚国做官时，吴起主持了改革，史称“吴起变法”。吴起为楚国强盛做了很大贡献，但得罪了楚国权贵。前381年，楚悼王去世，楚国贵族趁机发动兵变杀死了吴起。

车骑万乘，何其浩荡

粟支十年，何其盛昌[1]

地方五千，何其辽旷

旌甲百万，何其威壮

大楚雄狂，大国泱泱

释义

[1] 此句诗开始铺陈楚国的强大，化用苏秦说楚威王的话。《战国策·楚策》记载：“苏秦为赵合从，说楚威王曰：‘楚，天下之强国也。大王，天下之贤王也。楚地西有黔中、巫郡，东有夏州、海阳，南有洞庭、苍梧，北有汾、陉之塞、郇阳。地方五千里，带甲百万，车千乘，骑万匹。粟支十年，此霸王之资也。’”

冲天血性，伟岸阳刚[1]

傲然绝立，英勇担当

惟楚有才，执着狂放

自君天下，浪漫坚强

千载灿烂，百世流芳

释义

[1] 此句诗开始主要描述楚人的集体性格，楚人的血性，自君天下的浪漫精神。

风雨兼程，风流奔放

海纳百川，从容开敞

血脉绵绵，英气悠长

博大精深，德行厚广

星火不灭，浩浩荡荡

长夜未央，长风破浪

九死不悔，三户秦亡[1]

爱恨情仇，荡气回肠

呼天恸地，大悲大怆

至精至诚，血铸国殇

释义

[1] 三户秦亡：语出《史记·项羽本纪》："夫秦灭六国，楚最无罪。自怀王入秦不反，楚人怜之至今，故楚南公曰'楚虽三户，亡秦必楚'也。"

附录

《楚歌》的文化意味

◎ 樊　星（武汉大学文学院教授、博士生导师）

自20世纪80年代以来，文学界“楚风”的复兴颇有声势——在湖南作家群的“寻根热”中，可以使人感到楚风的忧愤与神秘；在湖北作家描绘荆楚风情的作品中，也散发出楚人挥洒生命的冲天热情（如陈应松的《黑艄楼》、叶梅的《撒忧的龙船河》、邓一光的《战将》、胡发云的《老海失踪》等）。柳忠秧是楚人，在商海里拼搏了多年以后，他也在自己的诗歌创作中表达了他对楚风的追慕。在长诗《楚歌》中，我们可以读到这样的句子——有从“醉向伯牙觅知己”“豪饮秋涛酹赤壁”的狂放到“九死汨罗殉真礼”“我击楚歌歌霸王”的悲怆，有“爱晚亭里说朝霞/岳阳楼畔诉孤愁”的感伤，还有“我欲纵身擎天问/何日能见云中君”的焦灼，更有“我拜荆州张江陵/人间已无真居正”的浩叹……字里行间，燃烧着楚人的生命烈焰，足以唤起我们对于楚魂的遥远回忆：那贯穿于《楚辞》到公安“三袁”、曾国藩到谭嗣同的率真性情、狂放品格、深广忧愤，一直是激励楚人自强不息、有所作为的巨大精神力量。这股力量也许是楚风的精神内涵所在，就像萧兵在《楚辞文化》中指出的那样：“尽管庄重、典丽、飘逸，但更有一重热烈，一种放浪，一阵嘶喊，那来由也不仅是个性的，而也有那个‘时代’的大胆，那个‘地方’的狂放，那个‘民风’的强悍。”①

“楚风”的复兴显然有深刻的现实背景：新时期的思想解放运动，唤起了个性的普遍觉醒，也呼唤出多元文化思潮彼此激荡的奇观。张扬个性，正好与楚风的狂放契合；而文化的多元格局，也当然少不了楚文化的瑰丽与神奇。加上文学界对沈从文的重新发现，再加上学术界楚文化研究的硕果累累，都推动了当代楚风的复兴。不过，以小说重现楚风的佳作不少，以诗歌去唱响楚魂的声浪似乎还不够响亮。在我的印象中，陈应松写于1986年的组诗《楚国浪漫曲》是以自由诗去雕刻楚魂的力作。在“宇宙不过一卵而已”“冥想中流贯出/花之精、兽之血、鸟之影、风之波/笔尖掣动血管，一滴为永恒”这样的诗句

释义

① 萧兵：《楚辞文化》，中国社会科学出版社，1990年版，第264页。

中，写出了楚魂的浪漫、瑰丽，显示了楚人想象力的奇崛。而柳忠秧的《楚歌》则是以古体诗为楚风招魂的佳构。《楚歌》写出了率真的性情、狂放的气势，写出了穿越古今的想象力，写出了弘扬楚魂的现实感（如“掀桌横扫小蚍蜉/把酒痛书大胸襟”“衮衮诸公猛回头/楚歌长鸣警世钟”这些句子），读来是可以感受到一股扑面而来的热风的。

这些年来，热衷于写古体诗的人越来越多，已成当代文化的一道醒目景观。在西方文化思潮不断影响着当代文化发展的年代里，古体诗歌的复兴显然是“传统文化热”的回归（从影视界曾经盛极一时的“帝王热”“百家讲坛热”到教育界的“读经热”，都体现出了这一点）的一个组成部分。如何在古体诗的创作中融入独到的文化之思、现实之感，怎样在古体诗的创作中写出个性的锋芒也写出地域文化的异彩，显然是值得所有有志于此的朋友共同探讨的。

我期待着有更多的优秀古体诗问世！

［本文发表于《人民日报》（2010年5月21日）］

一曲《楚歌》鸣绝响

——读《楚歌》谈古体“格律”的现代探索

◎ 孙绍振（福建师范大学文学院教授、博士生导师）

柳忠秧的《楚歌》得到谢冕的高度赞赏。谢冕在诗评中指出：醉心楚地的他并未仅仅将乡土作为地域空间，而是将之作为“纵横驰骋”想象的“人文时空”——这种时空不是抽象的，而是来自屈原的悲情激愤和李白的潇洒豪放，以这样的精神“把楚地的山川形胜、名人佳士、典章辞赋、文采风流，装点得缤纷华美”。谢冕甚至罕见地用了“令人叹绝”这样的赞语。

除谢冕外，屠岸、杨匡汉、於可训、蒋述卓、黄曼君、陈世旭、樊星、刘川鄂、古远清、吕雷、杨光治等数十位名家也对柳忠秧的《楚歌》给予了高度评价。屠岸认为，柳忠秧的作品有创新的尝试，语言很纯正，古典意味醇厚……杨匡汉指出，柳忠秧诗歌传达出让人振奋的东西，那就是说要坚持本土立场，要打通断裂，要还原历史，要多元并生……柳忠秧的诗歌打通了古今，他的诗歌让我们看到祖先离我们并不远……“柳诗”也告诉我们写诗要回归自然，回归心灵，回归古典，回归美感……我发现，柳忠秧和他身边的诗友形成了诗歌流派……樊星则强调，《楚歌》填补了史诗书写楚文化的空白。

虽然谢冕、屠岸、杨匡汉、於可训、蒋述卓等人的评论具有权威性，但是仍然有少数人士对之持怀疑、否定的态度，认为其“最大的问题是不讲格律”“是不合格的古体诗”。此说，如出自一般读者，可以一笑置之；但是，偏偏出自某些教授和不无成就的诗人，这就值得作为学术课题来严肃探讨。从表面上看，此等批评本身就有常识性问题，体现在“格律”和“古体诗”的概念混乱。从一般意义上说，中国古典诗歌的“格律”属于近体诗范畴：平仄在句内交替，句间相对，句有定言，章有定句。但是，此等规范并不属于“古体诗”。《诗经》（公元前五世纪）、《楚辞》（公元前四世纪），皆不讲平仄。经过一千多年的积累和进化，近体诗（律诗、绝句等）进入草创阶段，开始讲究平仄、对仗；又经过三四百年的曲折探索，经过晋宋齐梁陈隋六代诗人才智的积淀，再经初唐诗风变革，才达到高度成熟，产生了星汉灿烂的盛唐气象，成为中国乃至世界古典诗歌的高峰。但是，近体诗虽然高度成熟，并不意味着一统天下，构成盛唐气象的，还有不讲平仄、章无定句、句无定言、言无定声的古体诗、乐府诗。其艺术成就，并不亚于近体诗。李白、岑参、白居易的古风歌行，其思想艺术还高于近体诗。严羽在《沧浪诗话》中说，汉魏古诗高于盛唐之诗，这很值得深思。

批评《楚歌》无“格律”者，拘泥于狭义的近体诗，显然片面。如果要讲格律，《楚歌》也不是绝对没有。不过它所采取的形式并不是近体诗格式，而是中国的古风歌行体。中国的古体诗，虽然章无定句，但是，并非全无格律。《诗经》，在节奏上，明显以四言为基础，偶有超出四言的，也大体以二言结尾。《楚辞》虽表面上是杂言，但其基本节奏乃是二言与三言的自由交替。如“节日兮辰良”当中的“兮”按古代读音，相当于今日的“呵”，可作语气词（停顿或延长）理解，和诗经一样是二言节奏。接下来是“穆将愉兮上皇”，把“兮”字当作停顿或延长，则是三言和二言的交替。到了汉魏晋五言古诗崛起，建安风骨，魏晋风流，蔚为大观。“采菊东篱下，悠然见南山”。不过是把三言（“东篱下”“见南山”）固定在结尾。三言结尾的固定，有其超越语义的强制性。如“我生性疏放”，按散文，其读法是“我生性/疏放”；但是，这是杜甫的五言诗，只能读成“我生/性疏放”。

三言结构处于句尾是中国古典诗歌格律的核心。不管是近体诗还是古体诗，不管是五七言，还是李白常用的杂言（如：安能摧眉折腰/事权贵，使我不得/开心颜），只要保持三言结尾，就构成古典诗歌的吟咏调性。如果说不讲平仄对仗，就是没有格律，则汉魏古诗，就都“不是合格的古体诗”了。柳忠秧《楚歌》中，七言和五言古诗，一望而知，流贯着中国古典诗歌的血脉，原因就在全面保持了“三字尾”。至于不讲平仄，并非低能，盖时移语易，古代平仄，至今已经发生变化，最明显的就是在大北方普通话中，入声已经消失，对于现代读者（除以吴语、闽语、粤语、客家语为母语者外）已无实际意义。大量语词的声母和韵母都发生变化，即使在明清时代也与口语脱节，故须按官方颁布之韵书押韵。如此，对于古典诗歌的音乐美其实有损无益。从这个意义上说，《楚歌》按现代汉语普通话押韵既符合历史发展潮流，也是格律的一种解放。

《楚歌》更为深刻的意义，还在于对近体诗的局限的突破。近体诗严苛的格律和有限的篇幅，迫使诗人作超越语法结构的意象叠加和并列，戴着镣铐跳舞。其最佳处不在言内而在言外，即“意境”——司空图用“不着一字，尽得风流”概括，戴叔伦总结为“如蓝田日暖，良玉生烟，可望而不可置于眉睫之前”，也就是感情不直接抒发，而是间接的。谓语动词和句间连接词的省略，其优越乃是言外意会无穷；但是，其局限却是句间逻辑的空白，不得不以思想容量和叙事功能的弱化为代价。欧美诗歌与之相反，从抒情艺术来说，乃是直接抒发，浪漫主义诗人华兹华斯将之总结为“强烈的感情自然流泻”。其诗句子结构完整，句中谓语不可或缺，复合句可长到跨越数行（“跨行”），行间的连接词并不省略。故，其长处在于充足的思想容量和强大的叙事功能。欧美早期有史诗，后世大诗人均有长篇叙事诗，皆得力于此。而中国古体、乐府诗在句子之完整方面与欧美诗歌有相近之处，故亦有大量长篇叙事诗（如《木兰词》《孔雀东南飞》《长恨歌》），而近体诗则基本无长篇。《楚歌》的形式显然有意回避了近体诗的意象叠加的间接抒情，采取了古体诗章无定句、不讲平仄之法，其立意乃是更自由地直接抒情。楚地山川在柳忠秧笔下不仅仅是某种可意会不可言传的美景，而是俯视历史、展示宏伟精神气象的空间。《楚歌》每章十行，多于律诗八行，少于西方商籁体[①]之十四行，由于句法完整，其思想容量就得以充分扩展，精神视野就获得空前的自由。懂得了这一点，才能真正理解《楚歌》

对楚地神话、历史的系统赞颂，从伏羲到炎帝筚路蓝缕、开垦草莱、制琴作耜之功，到楚庄王一鸣惊人成就春秋五霸之业；从屈原忠而见放之哀、项王横扫暴秦之绩，到刘邦“威加海内”之雄及韩信、张良之智，直至汉武开疆拓土之功、光武与民休息之仁。如此等等，皆可见出作者以十行短章之制，直接抒情之笔，展开楚地史诗之宏图。此等“思接千载”“视通万里”的宏伟史诗之构思，其间之逻辑结构，绝非近体诗四行八句意象并列所能胜任者。

此等纵横捭阖之佳构，上可追《诗经·公刘》《楚辞·离骚》之余脉，外可望西方史诗、叙事之精神。诗人自述其“追奉神性”“与神同在”的美学追求充溢于字里行间。但是，《楚歌》并不耽溺于神性，他更在意

释义

① 商籁体：西方文学中特有的一种抒情诗体。诗行总数为十四行，有固定的音律。约在13世纪兴起于意大利，英文、法文的sonnet，都依意大利语sonétto音译而来。分为两大基本类型：一类为意大利十四行诗。因14世纪意大利诗人彼特拉克确定了此诗体形式，又称彼特拉克体。分前人行、后六行韵律。前八行韵为abba abba，后六行韵为cdecda，或cdccdc，或cdedce。另一类是英国十四行诗。意大利十四行诗传入英国，经莎士比亚改造而定型，故又称莎士比亚体。采用三组四行，最后两行押韵对仗形式，即abab、cdcd、efef、gg。20世纪20年代，十四行诗经闻一多等人介绍，传入中国，产生了像冯至《十四行集》这样的代表作。

的是“点亮人性”。从艺术上说，其价值并不是历史的叙事，而是把浩瀚的历史文献融于抒情的话语之中。故其句法，虽然以七言为主，但不时杂以骚体（如“叶茂盛兮花无期/魂已归兮魄为雄”）和近体的“对句”（并不是严格的对仗，如“冲冠冷对千夫贼/怒发奔腾越王戟”），甚至还用了民歌风格的复沓。正是因为比较丰富的表现手段，七言十行并没有太严重地束缚诗人的性情，楚地山川在诗人笔下就不仅仅是某种可意会不可言传的美景，而是俯视历史、展现宏大精神气象的载体，在有限的空间中展示了无限的胸襟。如谢冕指出的，是一种“既保持了古体诗歌跌宕自如的气势，而又兼富近体诗讲究音韵美的一种诗歌体式”。正是凭着这种既有格律，又有自由的体式的自如驾驭，作者才写出了谢冕所说的“荡人心魄中华正气歌”。这种正气，并不单纯是“夜读春秋”“辞慕屈子”“心怀李白”的文人的狷狂，更可贵的是“武尊卫青霍骠骑”“侠骨丹心”“仗剑去国”的慷慨。

“五四”当年，新诗采取和古典诗词一刀两断的决策，似乎宣布了古体诗的死亡。但是，近一百年历史实践证明，对新诗不能认同的仍然大有人在，而古体诗仍然拥有在数量上、文化修养上并不亚于新诗的众多爱好者。如今古体诗和新诗同样面临着一种读者流失的危机。新诗之不足不仅体现在形式上，而且表现在审美想象和价值观念上对西方前卫诗歌作疲惫的追踪；古典诗歌则相反，则是墨守成规，一味拘泥于狭隘的“格律”，无视清代金冬心和当代赵朴初的“自度曲”[①]的深刻合理性，对“格律”的狭隘和僵化与现代汉语和社会人生精神生活之矛盾，完全缺乏清醒的自觉。从这个意义上说，《楚歌》的出现应是继金冬心和赵朴初的自度曲后又一次意义深远的冲击。

（本文发表于《当代文坛》2016年第5期）

释义

① 自度曲：不依旧谱而自作的新曲。《汉书·卷九·元帝纪·赞曰》：“鼓琴瑟，吹洞萧，自度曲，被歌声。”

呼唤新古风

——说说柳忠秧和他的《楚歌》

◎ 李遇春（华中师范大学文学院教授、博士生导师）

柳忠秧每与我把酒叙谈，一提到黄冈人（无论行政区划如何变，柳坚称自己是黄州府人），他就如数家珍，赞不绝口，忠秧一连提到了好几个20世纪黄冈文化名人，诸如黄侃、闻一多、废名、熊十力、徐复观、汤用彤……可见他虽在商海沉浮，走南闯北，但对故乡的文化认同却是深沉而热烈的。

柳忠秧是楚人的后裔，不光是外在的地理和生理上的楚人后裔，更重要的是内在的精神上的楚人后裔。柳忠秧有着浓重的楚人情怀，在长期的商海闯荡和人生历练中，他的楚人情怀甚至已经衍化成了一种楚人情结，这不仅表现在他的言谈举止中，而且浸透到他的骨髓和血液中去了。这种楚人情结首先体现在他的诗体选择上。柳忠秧的这首《楚歌》，没有选择时下旧体诗坛常见的律诗和绝句，而是选择了不拘平仄，句式自由灵动的七言古体，其间明显掺入了楚辞的“兮”字句，努力汲取着楚人屈原的诗体精髓。这种自由的古体诗，直追先秦汉魏的古风，鄙薄格律森严的近体诗，慕李白之豪放跌宕，趋屈子之沉潜往复。作为当代的楚人后裔，柳忠秧学古而不食古不化，既敢于追步古人的灵心高境，又不惮时人的讥评嘲谑，而是一味地执着地写了下去，写得荡气回肠，跌宕起伏，构成了一个颇为庞大的古体的组诗，浑如一组大型的多声部的交响乐。这是不能不让人感到惊讶和钦佩的。以我愚见，当前的旧体诗坛应该大力弘扬这种新古体诗才是恢复中华诗词的元气精魂的正道，这样说并不意味着我反对当代诗人写近体的格律诗，而是说相对于时下诗人词客的斤斤于格律而言，旧体诗坛应该有人振臂一呼，重回先秦汉魏古风，把固执守旧的诗人们从近体的格律镣铐下解脱出来。在这个时代的旧体诗坛，我们呼唤的是屈子的楚辞的婉转回环，我们呼唤的是李白的古风的奔放不羁，我们呼唤的是元白的歌行体的自由缱绻，我们渴望出现新时代的《北征》、新时代的《南山》……只有这样，只有从“豆腐干”一样的律绝体中走出来，旧诗才能在新世纪重获新的蓬勃的生命。

柳忠秧的楚人情结还表现在他的诗歌精神中。《楚歌》这组诗写得纵横捭阖，把古史意义上的楚人精魂一一召唤了回来，举凡帝王将相、骚人墨客、博学鸿儒，悉数归于他的诗笔之下。诗人吊古伤今，抚今追昔，在一大批乡贤俊彦的身上寄托了自己的楚人情怀。这里有千古英雄的壮怀激烈，有一代名臣的赤胆忠心，有传统文人的诗酒风流。从诗人的从容叙说中，全诗的古直劲健之风扑面而来。在这五十节诗中，有的以用典见长，有的以直抒取胜，用典处繁丽而厚重，直抒处清新而自然，二者交错杂陈，无一定之规，信笔所之，俱显楚人风神。

以我个人偏好，我更欣赏《楚歌》中“直抒性灵、不拘格套”的那些诗节，典型的如第十、十六、十七、十九、廿一、廿二、廿五节，我直觉那些诗节里融入了柳忠秧多年来混迹人世江湖的苦与乐、悲和愁、血和泪。这些诗节敢于大胆地暴露诗人真实的灵魂和性情，这正是《楚歌》的可取之处。我看今人的旧体诗词，最厌恶那种假古董，那种过分的头巾气、纱帽气、市井气，这“三气”是最让人难以忍受的诗坛恶习。所幸柳忠秧的这组诗基本上摆脱了这些陋人习气，堪慰我心。

［本文发表在《文学教育（上）》2010年第11期］

柳忠秧——著

柳忠秧诗歌选集

二

广州新华出版发行集团
广州出版社

代序

夜行者的灯笼

——评柳忠秧的《岭南歌》

◎ 郭小东（广东技术师范学院文学院教授）

柳忠秧不是一个人，是一首诗，一首穿山过峡，跌撞而来，如流水般浩荡的诗。它和酒一起溅落在丘陵，在一切隆起或陷塌的土地上，和草与树一起发酵，一起酝酿。它在腐殖质上爬行着根须，挣破坚硬的岩石，在罅隙中攀援，气喘吁吁地呐喊、呼号，如野藤般盘根错节，毫无节制地呻吟蜿蜒。它在丛林与冻土中穿行，把骷髅捶响成大鼓，把漫长的岁月扯拉成琴弦，把古老的风景高举为旌旗，把猎猎的风声预言为时间的绝唱。这就是柳忠秧。

甚至无法用常识来看待柳忠秧和他的诗。如果用“横空出世”这样的语词，可以表明瞬间隆起与雄起的同等荣耀及对此种所谓荣耀的惊诧，那么，把“横空出世”作为《岭南歌》和《楚歌》的别名，也未尝不是一种嘉许与肯定。

岭南的民生历来“活色生香”，近来抛头露面的岭南文学，却如闺中的小妾，怯生生，暗香如雪花膏，哀戚却又期望红杏出墙，唯小女人散文独出一家，为茶前饭后之美谈。至少外界是这样认为的。岭南的文化自信无人重拾，故文坛评价与呈现，皆只能借助北方的声音，这一切遮蔽了广东文学的真貌。而千辛万苦经营得来的几个奖赏，大约也与真实的广东文学无关。

而柳忠秧的《岭南歌》《楚歌》，真实易改了岭南文学的颜色。至少在诗歌方面，惯来以“诗歌大省”自诩的广东文坛，殊不知柳忠秧其人其诗，已在丘陵中隆起，在悄无声息地占领中，把那面飘扬已久却经不住风雨的旗帜换掉了，单凭“岭南歌”三字，便把诗歌运动的命名与仪式，一并收拾。这是一个全新的起点，它的易帜，不单有文学史意义，更有历史、文化及观念的意义群。

也许可以如此发问：“岭南是什么？”“歌岭

南又能怎样？”问题看似愚蠢，但这恰恰是先知先慧者坚执的发问。

岭南什么都不缺，缺的是文化自信。《岭南歌》的价值正在坚决地否定这种文化上的不自信及舆论、媒介对时流的屈从与趋附。

“岭南大派/南天雄脉/万里云动/春潮澎湃/三江并流/珠水豪迈/千帆东去/浪淘碧海/百越气象常新/五岭巍峨多彩”。这种自我陶醉及张扬，是诗歌的主笔，是《岭南歌》的主峰。主峰的峭拔和崛起，是地理、历史，也是人文的风骨，更是一种地域文化沿革和风土。这些是无法改变、移动或变迁的。它丰盈着一种酒神精神，一种诗酒传家的古典胸襟。

当柳忠秧写下这如山岭主峰般的开局时，他便再也无法归返了。势如脱兔般地突围，置岭南于五岭山脉之外的世界，把珠水穿行于九派之中，把三千年的蛮荒与文明，尽收胸中——“源远流长/源出马坝/先秦百越/本根进化/汉风楚韵/融合儒家/坛经传世/佛门光大/曲江开宗/诗冠风雅”，直至“辛亥革命/碧血黄花……改革开放/鼎盛天下”。中华五千年，诗酒精神流于国中。柳忠秧把自己幻化成了岭南大地，故有此诗。

诗人是岭南大地的精灵，江河是他身上的血脉，丘壑是他皮肤上的皱纹，山岚瘴气是他的飘逸，裹天挟地混沌弥漫的是他的酒气……未来的梦想贯通三千年的历史。在他的诗绪中，正是“人事有代谢，往来成古今。江山留胜迹，我辈复登临”。抒古寄情，先生自笑。

久违了，如此狂狷的童言无忌！他和他诗中的人物一起跳舞，一起困厄，一起狂草历史与现实，指点野蛮与文明。他铺陈史实，清点历史，以诗人狂歌，又以局外者旁观。他忽进忽出，在三千年的岭南长卷中穿梭沉浮，时而闪身而去，时而潜伏其中。以四言、五言、七言布局，长短句铺张，全局似无章法，部分又刻意工整；大珠小珠、嘈嘈切切，肆意妄为，又小心谨慎。

在柳忠秧这儿，框不住的是自由，放飞的是桀骜，格律仅是形式，反正才是变化。

《岭南歌》三百多行，写了三千年的演变，一百三十多位史上神圣，千古人事，皆一锤定音，一笔带过，如同文明的密篦篦出一般。人物身后各个背驮延复着一部长篇史诗，令人掩卷沉思。那是诗之所为、亦不复诗之所为。故《岭南歌》，说是史诗，抑或是诗史，都不甚贴切。以诗的形式写史，以诗性激扬历史，更为妥当。

对历史的透彻，对史实的悟觉圆通，使柳忠秧的诗情没有了顾虑。他忘情地进入历史深巷，在飘扬的冷雨与空寂之间，寻找那四顾无人、独自怆然的英雄豪杰。他闪进了他们的行列，和他们一起悲切着已逝的功业，重拾早已消失的漫漫行脚，他疯狂地挖掘搜寻着每一位圣贤背后的史诗，翻检着他们思想中行为中超卓的品格，以三言两语诗之。

他和他们一起思想，共着一个情怀，一个古今的时间。柳忠秧不惜以经年的丰富，珍重地赋予诗句简约与明快，孕出了直抵人心、隽永沉吟的诗句："大圣惠能祖""大贤张九龄""大直余武溪""大哲陈献章""大廉海刚峰"等。他深知在后人热闹簇拥之中的历史巨人，生前都万分孤寂。"这苍茫的雄楼/这老病的孤舟""诗仙的风月/诗圣的孤舟”“一寸山河一寸忧/百年老病百年愁”。

在柳忠秧诗的意象里，处处流荡着一种孤绝的情殇，一种如但丁《神曲》中无头躯干提着自己头颅的灯笼一般的孤绝。所以，才有“我叹世间心不古/我哭寰中绝弦音/我号家国悲声远/九歌动地天亦惊”。这一切的悲悯与激情，皆归于“侠骨丹心痴书生”。

他拒绝诗之时流与时髦的一切讲究，孤勇地我行我素……任是四六、四七、八四、九四及至三三七、四七七等，在一首长诗中，变换、转移、混搭各种句型变体，随情随意妄动，并不刻意为之，唯恐伤了情绪断了香火。他坚持忧思的真知，哪怕不为人所苟同，执意于我手写我心。标新立异，哪怕被视为狂人。

柳忠秧隐身江湖，他无须取悦于何种势力，包括诗的势力、文学的势力，一任自己的性情，在大野间求索。《岭南歌》和《楚歌》，就是他求索的行旅。他用自己浸血的野性与血性，在无人的荒野上搜寻。

这些诗如弓弩，引而不发。可以不风雅，却气韵丰……以这种气势演化历史、抑扬人事，尽择岭南多气大气旧情新事，性情所到之处，皆有勃发多血的诗行诗句应运而生。担当、血性、浪漫、智慧、执着、狂放，自君天下，向死而生。这些柳忠秧总结出来的荆楚文化品格，深刻地应验在他自己身上，铺抹在岭南大地，成就了他诗的史诗精神与品格，也使他的诗孑然于当下的一切诗群。

臧否时政，质疑威权，挑战神圣，大声喊出心中块垒，知行合一，这是柳忠秧一新诗坛旧弊的立场与姿态。岭南文学史上敢为天下先的文人骚客比比皆是，如今已然式微。梁启超力主小说界革命，论小说与群治之关系；黄遵宪先行“诗界革命”，倡导“我手写我口”，皆为革新时弊开风气之举。

《岭南歌》之横空出世，也大有革新精神，给略有喑哑气息的岭南文坛诗坛击一猛掌，从昏沉中醒来。诗坛常有夫子自道，他却先生自笑，一笑大风——“夜读春秋寻大义/醉向伯牙觅知己/心怀李白笑孔丘/顶礼文公求正气/辞慕屈子追司马/武尊卫青霍骠骑/莫说唐宗怜宋祖/野草斜阳奈何兮/五千年来日月明/大江东去长空碧”。这是《楚歌》的开篇。其创作者，疑为古长城垛口上迎风顶立的千古奇人，壮士、勇敢者、圣贤、阴阳家……皆是。

（本文发表在《当代文坛》2014年第5期）

目录

附录

柳忠秧的诗歌中蕴含深厚的学养和丰厚的人文精神。其诗歌一如其人，至情至性，大开大合，大气磅礴；传承中国传统诗歌的神韵，有儒家的担当，有道家的潇洒，有诗经的淳朴与真诚，有汉赋的铺排与华丽，有楚辞的热烈与奔放，有魏晋名士诗歌的自我与放浪，有盛唐诗人的格局与气象，有宋代苏辛词派的雄浑与奔放。读之，荡气回肠，空谷传响，声韵悠长，弥漫着某种宿命的孤独和悲怆。

岭南歌

（一）

岭南大派[1]，南天雄脉：

万里云动，春潮澎湃；

三江并流[2]，珠水豪迈；

千帆东去，浪淘碧海。

百越气象常新，五岭[3]巍峨多彩。

北江[4]迤逦，西江[5]壮哉。

东江[6]灵秀，韩江[7]明快。

释义

[1] 大派：意谓岭南文化自成一派。 [2] 三江并流：珠江是岭南地区最大的河流，流域面积约 44 万平方公里，形成了珠江三角洲。珠江包括西江、北江和东江三大支流，诗人称之为“三江并流”。 [3] 五岭：指江西的大庾岭、湖南与广东之间的都庞岭、湖南的骑田岭、湖南与广西之间的萌渚岭、广西的越城岭。五岭地处广东、广西、湖南、江西等省区边境，成为一道天然屏障，将长江流域和珠江流域分割开来。岭南，即指五岭以南的地区。 [4] 北江：西源武水出湖南省，东源浈水出江西省，流经广东省，是珠江三大支流之一。 [5] 西江：发源于云南，流经广东，在珠海市入海，是珠江三大支流中最大的。 [6] 东江：原称为循江，宋代更名东江，是珠江的重要支流。东江发源于江西，流经广东河源、惠州等地区，在东莞与珠江主干流汇合。 [7] 韩江：唐代称恶溪，后来为纪念韩愈驱鳄又改称韩江。韩江分两源，北源发源于福建省长汀县，南源发源于广东省紫金县，两源在广东省梅州市汇合，经韩江三角洲，在汕头市入南海。韩江是潮汕地区的重要河流。

（二）

壮美风云，碧波多情向海涯；
大好河山，千古风流颂佳话——
源远流长，源出马坝[1]。
先秦百越，本根进化。
汉风楚韵，融合儒家。
坛经传世，佛门光大。[2]
曲江开宗，诗冠风雅。[3]
安道正谏，风采清华。[4]

释义

[1] 马坝：指马坝镇。马坝镇位于广东省韶关市曲江区。1958 年，在该镇西南三公里处的狮子山石灰岩溶洞内发现了旧石器时代中期的人类化石，距今十几万年，属早期智人，被命名为马坝人。这一考古发现证明，岭南地区在远古时代就有人类活动。
[2] 概括六祖惠能的事迹。 [3] 指唐代贤相张九龄。 [4] 指北宋谏官余靖。

一体乾坤，精微白沙。[1]

维新改良，启蒙教化。

辛亥革命，碧血黄花。

讨袁反帝，护国护法。

英勇北伐，一统华夏。

铁血抗战，壮殉国家。

改革开放，鼎盛天下。

风动五岭，万丈霁霞。[2]

释义

[1] 指明代心学大师陈白沙。 [2] 本节综述的发生在岭南但又影响全国的历史事件、人物典故，在下几节，将会逐一展开。

（三）

我南国沃野：

东怀大海，

西抚八桂[1]，

北亲中原，

南眺琼崖[2]。

稻菽炊烟，遍地好桑麻；

金涛银浪，漫卷美丽图画——

释义

[1] 八桂：代指广西。《山海经》云："桂林八树，在贲禺东。"秦始皇三十三年（前214年）统一岭南，设置桂林、南海、象郡三郡。后人用八桂代指广西，"八"并非确数，泛指其多。 [2] 琼崖：即海南省，历史上也属岭南。

风生水起，

千金沉醉，

赚尽人间繁华。

市城相接，

车楼涌动，

生息百万人家。

东方之珠[1]，

南海之恋，

千年深情诗与画。

释义

[1] 东方之珠：指香港。

金穗飘香，

五羊仙驾[1]，

一城风韵满城花。

风涛激荡，

鲲鹏[2]昂扬，

遍地青潮写神话。

释义

[1] 五羊仙驾：广州古称羊城，传说有五位仙人，骑着不同颜色的羊，拿着稻穗赠给当地人，因得名。《太平寰宇记》引唐代《续南越志》：“旧说有五仙人骑五色羊执六穗秬而至。”唐以后，“五羊”“羊城”逐渐成为广州城的代称。 [2] 鲲鹏：深圳有“鹏城”之称，这里“鲲鹏”喻指深圳。

丽倾八桂，

绿掩邕江[1]，

襟连东盟[2]牵广厦。

岭外云潮争壮色，

桂林山水绝天下。

五公屹立[3]气节高，

海角有情拥天涯。

释义

[1] 邕（yōng）江：邕江位于广西南宁。 [2] 襟连东盟：广西跟东盟国家有较多经济来往，故称“襟连东盟”。 [3] 五公屹立：五公祠位于海南，祠内供奉着五位唐宋时期被贬至海南的贤臣名相，即李德裕、李纲、赵鼎、胡铨和李光。

（四）

好一首田园颂歌，
真一曲山河壮怀。

千年繁衍，无穷世代；
八方沃土，九阙[1]楼台；
英杰辈出，波涌俊才——

释义

[1] 九阙：指天宫或皇城。李白《大猎赋》："乃使神兵出于九阙，天仗罗于四野。"

大功南越王[1]：

反秦自立保民安，

休养生息集履冠。

一心归汉二遣使，

华风日兴慰河山。

释义

[1] 南越王：赵佗（约前240—前137），秦朝恒山郡真定县人，原为秦朝将领。19岁时，获赐护驾随秦始皇出巡。前219年，作为副帅，率领五十万大军征战岭南。秦朝灭亡后，前204年，赵佗自立为王，建立南越国，都城设在番禺（今广州）。南越国立国93年，共五代君主，后为汉朝所攻灭。

大宗三陈[1]氏：

《陈氏春秋》传经学，

鸿儒帝师饱学渊。

《左氏训诂》博士首，

继往开来大德堪。

释义

[1] 三陈：指两汉之际岭南的陈钦、陈元、陈坚卿，三人世居苍梧郡广信县（今广西梧州市及广东封开县南部）。陈钦生于汉宣帝末年，专研《左传》，著有《陈氏春秋》一书。陈钦之子陈元，继承父业，著有《左氏训诂》。在陈钦、陈元父子的努力下，他们的“陈氏春秋”成为两汉春秋学的重要流派。陈元之子陈坚卿亦长于《春秋》。

大圣惠能[1]祖：

见性成佛创南宗，

《六祖坛经》顿悟来。

凡间菩提本无树，

世外明镜亦非台。

大贤张九龄[2]：

融通中原凿庾岭，

劲健忠贞称名宰。

开词宗兮立大派，

引领唐诗划时代。

释义

[1] 惠能（638—713），俗姓卢，唐代岭南新州（今广东省新兴县）人。在唐咸亨三年（672年）离开广东，北上到湖北黄梅县东山寺，拜禅宗五祖弘忍为师，得传授衣钵，继承东山法门，为禅宗第六祖，世称六祖惠能。著有《六祖坛经》，提倡“顿悟”之说。

[2] 张九龄（673或678—740），字子寿，唐代韶州曲江（今广东省韶关市）人，世称“张曲江”。张九龄于唐中宗景龙初年（707年）进士及第，始调校书郎，后历官中书侍郎、同中书门下平章事、中书令等职。张九龄是唐代有名的贤相，也是著名的诗人。

大直余武溪[1]：

舍身敢言清且正，

唾飞龙颜何惧哉？

满腔衷直付家国，

力扶江山免危殆。

大哲陈献章[2]：

独创心学破定尊，

自然为宗出新裁。

君子一心开万世，

学贵自得除绳墨。

释义

[1] 余武溪：余靖（1000—1064），本名希古，字安道，号武溪。北宋韶州曲江（今广东省韶关市）人。余靖是天圣二年（1024年）进士，历官集贤校理、右正言、知制诰、史馆修撰等，还曾以尚书左丞知广州。 [2] 陈献章（1428—1500），字公甫，号石斋，广东广州府新会县（今广东省江门市）人，因曾在白沙村居住，人称其白沙先生。陈献章19岁中举，此后两次会试不第。后向吴与弼学理学，学有所成，创立“白沙心学”。陈献章是岭南历史上著名心学大师。

大廉海刚峰[1]：

凛然不侵两袖风，

绝世清白洁身爱。

刚毅赤诚照日月，

人间廉正君为楷。

大烈袁崇焕[2]：

单骑阅塞镇辽东，

英勇无敌不曾败。

旷古奇冤天地恸，

忠烈悲死殉壮怀。

释义

[1] 海刚峰：海瑞（1514—1587），明代广东琼山（今海南省海口市琼山区）人，字汝贤，自号刚峰。嘉靖朝举人。先后任南京吏部右侍郎和南京右都御史，力主严惩贪污，病逝于任上。著有《海瑞集》。 [2] 袁崇焕（1584—1630），字元素，广东东莞人。万历四十七年（1619年）中进士。天启二年（1622年）在京述职期间，袁崇焕单骑考察边塞，开始加入抗击后金的斗争，后来取得宁远大捷、宁锦大捷等胜利。崇祯三年（1630年），后金使用反间计，袁崇焕被崇祯帝错杀。

（五）

江河日下，万马齐喑；

南海风高，五岭春深——

大忠林则徐：

凝聚民心保疆土，

销烟御敌战虎门。

“师夷长技以制夷”，

开眼世界第一人。

大勇邓世昌：

“此日漫挥天下泪，

有公足壮海军威”。

百年烈节潮未平，

“忠魂犹听渡河声”。

大智郑观应[1]：

盛世危言拯危世，

强国强军先攻心。

科学民主启愚蒙，

身先士卒鼓维新。

释义

[1] 郑观应（1842—1922），本名官应，字正翔，号陶斋，广东香山（今中山市）人。郑观应是中国近代早期资产阶级改良派思想家、爱国民族工商业家，代表作有《盛世危言》。

大道黄遵宪[1]：

我写吾心气雄直，

汪洋恣肆大道行。

“杜鹃再拜忧天泪，

精卫无穷填海心”。[2]

大师康有为：

万木草堂万世春，

公车上书变革行。

托古改制承孔孟，

功败垂成大同恨。

释义

[1] 黄遵宪（1848—1905），字公度，别号人境庐主人，广东省梅州市人，光绪二年（1876年）中举，先后担任美国旧金山总领事、驻英国参赞、新加坡总领事等职。戊戌变法期间支持新政。黄遵宪也是著名的诗人，有“诗界革新导师”之称，代表作有《人境庐诗草》等。 [2] 黄遵宪《赠梁任父同年》：“杜鹃再拜忧天泪，精卫无穷填海心！”

大节丘逢甲[1]：

“愁云极目昼成阴”，

孤臣无力犹抗争。

“战血台澎心未死，

寒笳残角海东云”。

大家梁新会[2]：

改革变法为图存，

少年中国四海青。

护国讨袁反帝制，

文界诗界两革命。

释义

[1] 丘逢甲（1864—1912），字仙根，号蛰庵，祖籍嘉应镇平（今广东蕉岭），生于台湾省苗栗县。丘逢甲是著名的诗人，光绪十五年（1889年）进士，先后担任两广学务处视学、广东教育总会会长、广东咨议局副议长等职。 [2] 梁新会：即梁启超（1873—1929），字卓如，号任公，又号饮冰室主人，广东新会人。梁启超是戊戌变法的领袖之一，中国近代维新派代表人物，与康有为并称“康梁”。

伟大孙中山：[1]

五权宪法立共和，

人间从此沐春风。

三民主义开新国，

青天白日照大同。

释义

[1] 以上人物诗传，均以“大”字形容，如“大师”“大贤”“大烈”“大节”，独孙中山称“伟大”，足见诗人对孙中山的推崇。

（六）

四方士子，五湖风骚；

岭外雄杰，南天英豪：

忠勇奋发，薪火相传；

和平生息，繁盛绵延——

大庾岭[1]回望中原，痛怀沧桑故国。

珠玑巷[2]百姓迁徙，聚衍千年血脉。

释义

[1] 大庾岭：又称梅岭，是“五岭”之一，位于江西与广东两省边境。相传汉武帝时，有庾姓将军筑城于此，因名大庾岭。大庾岭为岭南、岭北的交通咽喉，为中原移民向岭南迁徙的必经之地。诗人以此有沧桑故国之叹。 [2] 珠玑巷：位于广东韶关的珠玑镇，有一千多年历史，是中原移民向岭南迁徙的中转站。故此，珠玑巷成为岭南主要族姓的祖居地，《广东通志》载：“相传广州诸旺族俱发源于此（珠玑巷）。”

屠睢[1]开灵渠，沟通大江南北。

任嚣[2]筑禺城，平略苍茫岭海。

赵尉佗[3]文理长治，和集百越。

士太守[4]造福岭南，纳贤聚德。

葛稚川[5]抱朴守质，身心淡泊。

释义

[1] 屠睢：秦朝将领。前219年，秦始皇派屠睢为主帅，率领五十万大军攻打百越。军队进入岭南后，物资运输困难。前218年，秦始皇命屠睢等人负责开凿一条人工运河，用于沟通湘江和漓江，此即灵渠。 [2] 任嚣（？—前206），秦朝将领。在屠睢阵亡后，秦始皇派任嚣与赵佗率军攻打岭南，于前214年平定岭南。此后，任嚣担任南海郡尉，管理岭南事务。任嚣以番禺为郡治，修筑番禺城，史称“任嚣城”，这是广州建城之始。 [3] 赵尉佗：赵佗为秦国尉，故称赵尉佗。 [4] 士太守：士燮（137—226），字威彦，苍梧广信（今广西梧州）人。士燮任交趾太守四十年，对岭南的发展有较大影响。 [5] 葛稚川：葛洪（284—364），字稚川，自号抱朴子，晋丹阳郡句容（今江苏省句容县）人。葛洪为晋代著名道教学者，后隐居于广东罗浮山炼丹。

冼夫人[1]解仇息兵，安定南国。

陈霸先[2]决机百胜，功盖曹刘；

碎山河英略重整，延汉鼎祚。

韩昌黎[3]文起八代，泽被潮州。

柳宗元兴利除弊，遗惠桂柳。

释义

[1] 冼夫人（约512或525—约602或604），是南朝、隋初岭南地区少数民族领袖。冼夫人生于梁武帝天监初年，与高凉太守冯宝结婚，帮冯宝平息岭南地区民族冲突，并招引海南岛各族部落归附梁朝。隋朝建立后，冼夫人派人迎隋师入广州。冼夫人保境安民，被南越族尊为“圣母”。 [2] 陈霸先（503—559），字兴国，小字法生，吴兴（今浙江长兴）人。陈霸先于梁大宝元年（550年），在始兴（今广东韶关）起兵讨伐侯景。通过平定侯景之乱，陈霸先逐步控制了梁朝政权。终于在梁太平二年（557年）废梁敬帝，自立为帝，建立陈朝。 [3] 韩昌黎：韩愈（768—824），字退之，河南河阳（今河南省孟州市）人，世称韩昌黎。韩愈曾因劝谏唐宪宗迎佛骨，被贬为潮州刺史。韩愈到潮州后兴文崇化，对潮州文化的影响很大。

刘禹锡兴学重教，济世救人。

周敦颐[1]洗冤泽物，德行五岭。

包龙图绩著端府，清风长留。

苏东坡把月鹅城，醉卧江楼。

张世杰[2]孤忠抗敌，血溅崖门[3]。

陆秀夫[4]难酬蹈海，誓死壮行。

释义

[1] 周敦颐（1017—1073），字茂叔，号濂溪，道州营道县（今湖南道县）人，晚年定居庐山莲花峰下，以家乡营道之水名“濂溪”命名堂前的小溪和书堂，故人称濂溪先生。他与邵雍、张载、程颢、程颐并称为“北宋五子”，号称“理学之祖”。 [2] 张世杰（？—1279），涿州范阳县（今河北省涿州市）人，南宋抗元名将。张世杰与陆秀夫、文天祥并称“宋末三杰”。 [3] 崖门：在广东省新会县南，为潭江和西江分支出海口。南宋末年宋元海军在此决战，史称“崖门海战”。张世杰时任南宋枢密副使，指挥抗元，最终惨烈失败。 [4] 陆秀夫（1236—1279），字君实，一字宴翁，别号东江，楚州盐城长建里（今江苏省建湖县建阳镇）人。南宋左丞相，抗元名臣。宋军在广东江门附近的海面被元军围困，最终陆秀夫背着宋少帝跳海殉国，成为千古绝唱。

文天祥浩然正气，留取丹心。

屈大均[1]恢宏沉烈，风追杜李。

湛若水[2]体认天理，开创先河。

王守仁横扫蟊贼[3]，建设“和平”[4]。

关天培[5]头悬国门，忠报社稷。

张之洞总督两广，厉行新政。

释义

[1] 屈大均（1630—1696），字翁山、介子，号菜圃，广东番禺人。明末清初著名学者、诗人，与陈恭尹、梁佩兰并称“岭南三大家”。屈大均积极进行反清活动。后避祸为僧，中年仍改儒服。屈大均的诗有李白的风采。 [2] 湛若水（1466—1560），字元明，号甘泉，增城（今广州市增城区）人。湛若水年轻时，师从陈白沙学心学，成为与王阳明齐名的心学大师。湛若水的心学强调“随处体认天理”。 [3] 王守仁横扫蟊贼：说的是明代正德末年，王阳明在赣南与岭南地区的剿匪活动。王守仁（1472—1529），幼名云，字伯安，号阳明，人称王阳明，浙江绍兴府余姚县（今余姚市）人。王阳明是明代著名心学大师，提倡“致良知”。 [4] “和平”：指今广东河源的和平县。王阳明曾在此扫除匪患，建立和平新县。 [5] 关天培（1781—1841），字仲因，号滋圃，谥忠节，封振威将军，江苏淮安（今江苏淮安市淮安区）人。关天培支持林则徐虎门销烟。鸦片战争爆发后，关天培奋力抵抗英军，最终壮烈牺牲。

丁日昌[1]擘画洋务，推动近代化。

伍廷芳[2]衔命议和，息战护生灵。

冯子材老将出征，大败法军。

詹天佑铁胆抗敌，铁龙进京。

三元里群情激愤，人民战争。

黄花岗孤军决死，浩气长存。

释义

[1] 丁日昌（1823—1882），字禹生，号持静。广东丰顺县客家人。20岁时中秀才。初任江西万安、庐陵知县。1861年为曾国藩幕僚，此后积极参加洋务运动，成为洋务派的代表。 [2] 伍廷芳（1842—1922），本名叙，字文爵，又名伍才，号秩庸，后改名廷芳。广东新会西墩人。1882年进入李鸿章幕府，参与中法谈判、马关谈判等。1896年被清政府先后任命为驻美国、西班牙、秘鲁公使。辛亥革命爆发后，出任中华民国军政府外交总长，主持南北议和，迫清帝退位。

邓兆祥[1]古稀督水师，七十余载守海疆。

谢晋元[2]孤旅战强寇，八百壮士威四行。

西沙儿女南海亮剑，可歌可泣。

小小寰球博鳌论道，仁者无敌。

释义

[1] 邓兆祥（1903—1998），广东高要人，早年考入黄埔海军学校第十六期。此后在国民党海军服役，1945年任“长治号”军舰舰长。1949年2月，邓兆祥率部起义。新中国成立后，邓兆祥于1950年任青岛海军快艇学校校长。1960年出任北海舰队副司令员。1981年任中国人民解放军海军副司令员。 [2] 谢晋元（1905—1941），字中民，广东蕉岭人。毕业于黄埔军校第四期。1937年在淞沪抗战中，率部死守上海四行仓库，坚守四天四夜，击退日军六次进攻，毙敌数百人，他及部下被当时的媒体称作“八百壮士”。后来被汪伪特务收买的士兵刺死，时年37岁。谢晋元死后被国民政府追认为陆军少将。

（七）

讲习所[1]黄埔军，众志成城。
陈独秀孙逸仙，国共合作。

廖仲恺生死度外，黄埔慈母。
朱执信[2]勇士英才，文武双全。

胡汉民救亡遗恨，抱道完大命。
邓演达[3]军政兼行，北伐建功勋。

释义

[1] 讲习所：指位于广州的农民运动讲习所。1926年，毛泽东主持了第六届农民运动讲习所，任所长。 [2] 朱执信（1885—1920），名大符，字执信，祖籍浙江萧山，生于广东番禺（今广州市）。朱执信1904年官费留学日本，结识孙中山、廖仲恺等人，从此开始从事反清革命，撰写了大量政论文章。 [3] 邓演达（1895—1931），字择生，广东惠阳人。1909年入广东陆军小学学习，曾参加辛亥革命，1920年在粤军第一师任参谋兼步兵独立营营长，在北伐中建立了功勋。

杨仙逸[1]一飞冲天，航空之父真奇志。

邓仲元[2]一代军神，亲爱精诚第一师。

李济深[3]长岛呕心，铸造铁军。

周恩来纵横捭阖，羽扇纶巾。

陈济棠[4]称雄南天，建设粤海。

叶剑英经略华南，宽济民生。

释义

[1] 杨仙逸（1891—1923），字学华，号铁庵，原籍广东香山（今中山市），1891年出生于美国夏威夷。杨仙逸是中国近代航空事业的先驱，被誉为“中国革命空军之父”。 [2] 邓仲元（1886—1922），原名邓士元，别名邓铿。广东惠阳淡水人，祖籍梅县丙村金盘堡。邓仲元早年参加辛亥革命，曾任广东军政府陆军司司长，参加过讨伐袁世凯等战役。1920 年孙中山命邓仲元创建了粤军第一师。 [3] 李济深（1885—1959），原名济琛，字任潮。早年毕业于北京陆军大学，曾留学日本。北伐战争期间，任国民革命军总司令部参谋长、广东省政府主席、国民革命军第八路总指挥，留守广州。1948年就任中国国民党革命委员会主席。新中国成立后，任中华人民共和国中央人民政府副主席。 [4] 陈济棠（1890—1954），字伯南，广东防城（今广西壮族自治区防城港市）人。陈济棠是粤系军阀代表人物，曾长时期主政广东，有“南天王”之称。

琼崖孤军战旗不倒，星火不灭。

东江纵队坚持敌后，艰苦卓绝。

李汉魂[1]通电反内战，“钢军”决胜张古山[2]。

张发奎[3]精忠报祖国，“铁军”横扫侵略者。

“八桂三杰”[4]运筹帷幄，连战皆捷。

“江南一叶”[5]怒发冲冠，千秋忠烈。

释义

[1] 李汉魂（1895—1987），字伯豪，广东吴川市中山镇人，参加过北伐。抗日战争时任战时广东省政府主席，曾通电反对内战。 [2] 张古山：指武汉保卫战中的张古山战役。1938年9—10月，日军进攻武汉，李汉魂调集八个师的兵力，把敌一万多人压缩在纵深不到三里的张古山，聚而歼之，取得大胜。所部获“钢军”荣誉称号。[3] 张发奎（1896—1980），字向华，广东始兴人。1916年毕业于武昌陆军第二军官预备学校，1925年任国民革命军第四军第12师师长，次年参加北伐战争。张发奎在抗日战争中也立有功勋。 [4]“八桂三杰”：指李宗仁、白崇禧、黄绍竑三人。以他们为代表的新桂系集团，对民国局势影响巨大。 [5]“江南一叶”：指叶挺。皖南事变发生后，周恩来写《千古奇冤》：“千古奇冤，江南一叶。同室操戈，相煎何急！”

宋美龄争美援抗日，红颜报国。

宋庆龄奔世界和平，母仪天下。

“香梅[1]、月桂[2]”巾帼奇英雄，名动美利坚。

司徒美堂[3]万里赴国殇，义薄大中华。

岭海华侨同仇敌忾，革命之母。

百越赤子举家纾难，抗倭伟功。

释义

[1] 香梅：指陈香梅。陈香梅生于1925年，曾逃难到广东湛江等地。后来她成为中央通讯社记者，又与飞虎队指挥官陈纳德结婚。二战后，陈香梅一直活跃在美国政坛和侨界。 [2] 月桂：即江月桂。1923年出生，祖籍广东花县（今广州市花都区）。她曾四度当选美国加利福尼亚州众议员，五度蝉联该州州务卿，是在美国有较大影响力的华裔政坛人士。 [3] 司徒美堂（1867—1955），原名羡意，字基赞。13岁赴美谋生，逐步成长为侨界领袖。

"广东十虎"[1]血战九州，威震南北。

黄埔群英血铸军魂，"卫国爱民"。

铁四军，钢七军，如钢似铁十九路军。

陈铭枢，蒋光鼐，淞沪抗敌垂丹青。

赞薛伯陵[2]，百战倭寇挥雄师，

一柱补天半壁红。

释义

[1]"广东十虎"：指抗日战争期间十位广东籍的将领，包括薛岳、罗卓英、余程万、谢晋元、李汉魂、张发奎、蔡廷锴、蒋光鼐等。 [2] 薛伯陵：即薛岳（1896—1998），字伯陵，广东韶关乐昌人。1906年入黄埔陆军小学，1909年加入同盟会。北伐初期任第一师师长。抗日战争期间，薛岳功勋卓著，消灭了大量日军。

颂李德邻[1]，台儿庄上灭强虏，

指挥若定啸长风。

释义

[1] 李德邻：即李宗仁。

（八）

长海高天，群星璀璨；

韶音情韵，浪漫河山；

人文荟萃，碧空浩荡；

异彩华光，灿烂悠扬——

刘三姐魂牵梦绕，灵山秀水诉衷肠。

黄道婆勤劳纤巧，衣被天下人流芳。

方信孺[1]诗酒隽才，铁骨舌战虎狼邦。

汤显祖下笔有神，千古风情杜丽娘。

“南园五子”[2]诗风振起，披荆斩棘。

“岭南三忠”[3]浴血悲歌，壮怀烈激。

朱次琦[4]草堂讲百家，经世致用。

容光照[5]重洋求真知，西学东渐。

释义

[1] 方信孺（1177—1222），字孚若，南宋兴化军（今福建省莆田市）人。方信孺有隽才，为时人所称道，曾经以荫补广州番禺尉，在岭南做过官。 [2]“南园五子”：元末，孙蕡、王佐、黄哲、李德、赵介等五位岭南诗人结诗社于广州城南的南园，从事诗歌创作，被称为“南园前五子”。明嘉靖年间，又有欧大任、梁有誉、黎民表、吴旦、李时行五位岭南诗人重结诗社于南园，他们被称为“南园后五子”。 [3]“岭南三忠”：明末，岭南地区抗击清军的三位士人陈邦彦、陈子壮、张家玉，被后人尊称为“岭南三忠”。 [4] 朱次琦（1807—1881），字稚圭，号子襄，世称九江先生，广东南海（今佛山市南海区）人。曾讲学于南海九江礼山草堂，康有为、简朝亮等均为其弟子。著有《国朝名臣言行录》《国朝逸民传》等。 [5] 容光照：容闳（1828—1912），原名光照，号纯甫，广东香山县南屏村（今珠海市南屏镇）人。容闳是中国近代史上首位留学美国的留学生，后来曾主持著名的幼童留洋计划。

钟荣光[1]名山事业，赤子温厉追圣贤。

韦卓民[2]学贯中西，立德立功且立言。

简朝亮[3]辞仕潜学，宗师一派领儒林。

苏曼殊[4]披发长歌，梅花踏处是情僧。

周树人挺身救难，心郁孤愤终难平。

陈寅恪自由思想，更有独立大精神。

释义

[1] 钟荣光（1866—1942），字惺可，广东中山市小榄镇人。1894年中举，后入兴中会，参与反清活动。1928年，任岭南大学第一任校长。 [2] 韦卓民（1888—1976），原名韦钜，字勋奥，广东香山县（今广东珠海市）人，著名教育家、宗教学者，曾任华中大学校长。 [3] 简朝亮（1851—1933），字季纪，号竹居，广东顺德北滘简岸人。简朝亮是朱次琦的学生，为岭南儒林领袖。康有为曾称赞他："今岭南大儒，一人而已。" [4] 苏曼殊（1884—1918），原名戬，字子穀，广东香山（今中山市）人。光绪十年（1884年），苏曼殊生于日本横滨，父为旅日华侨，母为日本人。1903年，苏曼殊在广东惠州削发为僧，法名博经，法号曼殊。此后他的思想倾于革命，在民国文化界有很大影响力。

王宠惠[1]弘法外交，联合国里制宪章。

陈谦益治学兴教，礼仪之邦昌文明。

许崇清[2]满门俊秀，天丧斯文失大树。

陈序经[3]优容雅量，兼蓄并包成大学。

冼星海唱响黄河，惊醒苍天大地。

马思聪[4]一曲思乡，愁凝万古真情。

释义

[1] 王宠惠（1881—1958），字亮畴，广东东莞人，近现代中国法学的奠基者之一；曾任中华民国国民政府外交部部长、代总理、国务总理。 [2] 许崇清（1888—1969），别号志澄，广州人，是我国著名的教育家和教育哲学家，三次出任中山大学校长，曾任广东省副省长。 [3] 陈序经（1903—1967），字怀民，广东文昌县（今海南省）人，著名的历史学家、社会学家、民族学家、教育家，曾任中山大学副校长、暨南大学校长。 [4] 马思聪（1912—1987），广东汕尾人，是中国第一代小提琴音乐作曲家与演奏家。

唐君毅心通九境，一代宗师新儒家。

杜维明风雨兼程，再继孔孟图复兴。

钟惠澜[1]屡克瘟神，悬壶济世救万众。

钟南山临危受命，决战非典竟全功。

释义

[1] 钟惠澜（1901—1987），又名亮畴，广东梅县人，著名医学研究专家。

（九）

白云山山枕南岭，襟怀江天。

镇海楼楼接群邦，风云无限。

十三行[1]万樯云涌，四海富给。

白鹅潭[2]江涌碧翠，月唱迷离。

广交会财通七洲，环球交易。

东博会商集南洋，东盟一体。

释义

[1] 十三行：即广东十三行，指的是广州的洋货行，俗称“十三行”，主要从事对外贸易，带有官商性质。 [2] 白鹅潭：环绕广州荔湾区沙面岛的珠江河面，是珠江三段河道的交汇处。

股票期货货如轮转，金融八方财币；

信托保险保计福祉，财理家国亏盈。

世大会[1]迎风扑面，神采飞舞。

亚运会赛声鼎沸，寰宇交谊。

丝绸之路举世瞩目，通惠全球。

香港澳门渡尽劫波，回归祖国。

释义

[1] 世大会：指 2011 年在深圳举行的第 26 届世界大学生夏季运动会。

何贤[1]何其贤，为民请命济苍生。

庄公[2]邦国重，“万人追仰惠泽深”。

饶宗颐[3]香江独秀，汉家绝学犹可继。

李嘉诚慈善众生，人间诚信无人欺。

黄飞鸿武德并盛，抗日保台扬国粹。

李小龙龙行天下，王道圣名振华威。

释义

[1] 何贤（1908—1983），广东番禺人。1941年赴澳门，任大丰银号司理、大丰银行董事长兼总经理。1950年后，任澳门政府政务委员会、立法委员会华人代表，澳门东亚大学校董会主席，全国工商联常委。其子何厚铧曾任澳门特别行政区行政长官。 [2] 庄公：庄世平（1911—2007），出生于广东省普宁县（今普宁市），1949年在香港创办南洋商业银行，成为香港金融界的重要人物。 [3] 饶宗颐（1917—2018），字固庵，号选堂，广东潮州人，是著名的国学大师，涉猎广泛，著作近百种。

容国团小球大道，中华世界首冠军。

体操王李宁称霸，空前绝后囊全能。

广东丝竹八音华美，通透灵犀。

岭南画派[1]艺海奇葩，博采中西。

粤剧潮剧似南国红豆，剧剧精彩。

汉剧琼剧乃字润腔圆，腔腔动人。

释义

[1] 岭南画派：指广东籍画家组成的一个地域画派。创始人为高剑父、高奇峰、陈树人。岭南画派注重写生，融合中西绘画之长，并保持了传统中国画的笔墨特色，取得了极高的艺术成就。

（十）

地动山崩，春波浩荡裂高穹：
敬邓公[1]决断，一条血路开彩虹。
有仲勋[2]先行，南粤大地风雷动。
有仲夷[3]先锋，勇立潮头建殊功。
有青春奋勇，敢为人先擎东风。
望前路遥迢，沧海横流击长空。

释义

[1] 邓公：指邓小平。 [2] 仲勋：指习仲勋。 [3] 仲夷：指任仲夷。

风云际会，浪涌诗潮：

听一首，渔舟唱晚，雨打芭蕉；

唱一曲，彩云追月，步步高。

岭南之春，花发天下，

百派生机向南海，缤纷满怀。

岭南之夏，热情盈火，

四方茂盛聚繁荣，心花绽开。

岭南之秋，成熟饱满香正浓，雨之韵，天之籁。

岭南之冬，云山雾水为君待，风之后，春涛来。

莫说苏杭，休言天堂。

万般光艳，千种芬芳。

道不尽南国锦绣，吟不完五岭诗章——

春风沉醉珠水暖，海阔天空白云高。

“日啖荔枝三百颗”，[1]柳郎独唱岭南好。

释义

[1] 语出苏轼《惠州一绝》：“日啖荔枝三百颗，不辞长作岭南人。”

神龙诗章

（一）

神龙开基兮，五帝三皇[1]

伏羲女娲兮，一元鼎创

桥山龙驭[2]兮，轩辕[3]圣昌

神龙附体兮，神孕太阳

大禹治水兮，神龟瑞祥

汤武革命兮，顺应上苍[4]

礼乐兴周兮，灵龙天降

一统江山兮，千古始皇

大风歌[5]起兮，真龙刘邦

释义

[1] 五帝三皇：传说中上古时期中国的帝王。《尚书大传》和《白虎通义》等认为“三皇”应为燧人氏、伏羲氏、神农氏。《史记·五帝本纪》认为“五帝”是黄帝、颛顼、帝喾、唐尧、虞舜。 [2] 桥山龙驭：桥山位于陕西省黄陵县西北，传说中为黄帝的葬处。《史记·五帝本纪》：“黄帝崩，葬桥山。”传说中黄帝就是在桥山驾龙升天的。后世在桥山建有黄帝陵，明嘉靖十五年（1536年）黄帝陵有碑刻“桥山龙驭”。 [3] 轩辕：黄帝。黄帝姓公孙，名轩辕。 [4] 本句语出《易·革·彖辞》：“汤武革命，顺乎天而应乎人。” [5] 大风歌：刘邦所作《大风歌》：“大风起兮云飞扬，威加海内兮归故乡，安得猛士兮守四方”。

（二）

光武[1]复国兮，君临八方
魏武扬鞭[2]兮，气吞海沧
三国归晋兮，龙起豫章
繁荣强盛兮，杨坚开疆
独领风骚兮，伟哉大唐
武周开国兮，则天[3]凤翔
宋祖文治兮，龙鼎汴梁
光复汉祚兮，英武元璋
龙兴华夏兮，首义武昌

释义

[1] 光武：光武帝刘秀。刘秀（前5—57），南阳蔡阳（今湖北省枣阳市）人，25年，刘秀于河北登基称帝，以“汉”为其国号，史称东汉。[2] 魏武扬鞭：语出毛泽东《浪淘沙·北戴河》“魏武挥鞭，东临碣石有遗篇”。[3] 则天：武则天，建立了武周政权。

（三）

神龙应天兮，地老天荒

黄龙御驾兮，日月齐昌

赤龙登天兮，白日升光[1]

金龙起舞兮，寰宇平康

白龙矫健兮，风骨堂堂

飞龙在天[2]兮，圣哉洋洋

玉龙出世兮，天下煌煌

元龙高卧[3]兮，仙逸豪放

诗龙风流兮，当世柳郎

释义

[1] 本句语出李白《朱虚侯赞》：“赤龙登天，白日升光。” [2] 飞龙在天：语出《易·乾》“九五，飞龙在天，利见大人”。 [3] 元龙高卧：用三国时陈登典。陈登，字元龙。客人来拜访他，他自己睡大床，不怎么理会客人。陈寿《三国志·魏书·陈登传》：“汜曰：‘昔遭乱过下邳，见元龙。元龙无客主之意，久不相与语，自上大床卧，使客卧下床。’”

（四）

龙通天地兮，源远流长

龙聚意气兮，溢彩流光

龙智天下兮，亦柔亦刚

龙秉大道兮，功泽无量

龙潜渊海[1]兮，威镇大洋

龙韬虎略兮，龙威九苍

龙德在田[2]兮，恩德厚广

龙启百业兮，兴国安邦

龙行天下兮，九州盛昌

释义

[1] 龙潜渊海：化用《易·乾》“初九：潜龙，勿用……九四：或跃在渊，无咎”。[2] 龙德在田：语本《易·乾》“见龙在田，德施普也”。

（五）

岁月深沉兮，虎卧龙藏

风起云涌兮，虎步龙骧

蛟龙出海兮，神采飞扬

龙飞凤舞兮，龙凤呈祥

龙章凤姿[1]兮，五彩华芳

龙举云兴兮，龙神马壮

禅世雕龙[2]兮，锦绣华章

黄龙戏水兮，丹凤朝阳

一世龙门[3]兮，万代景仰

释义

[1] 龙章凤姿：蛟龙的文采，凤凰的姿容，比喻人的风采出众。语出南朝刘义庆《世说新语·容止》刘孝标注：“康长七尺八寸，伟容色，土木形骸，不加饰厉，而龙章凤姿，天质自然。” [2] 禅世雕龙：文章世代相传。语出南朝范晔《后汉书·崔·传赞》：“崔为文宗，世禅雕龙。” [3] 一世龙门：语出《晋书·王衍传》“朝野翕然，谓之‘一世龙门’矣”。龙门，后汉时李膺在士林很有影响，后起的文人登门拜访他，称之登龙门。

（六）

龙生九子[1]兮，九子流芳
鱼跃龙门兮，凤翥龙翔
龙驰虎骤兮，逐鹿疆场
龙马精神兮，英雄傲狂
龙吟虎啸兮，我武唯扬
云起龙骧兮，龙旗阳阳
痛饮黄龙[2]兮，开怀欢畅
虎踞龙盘兮，宏脉雄煌
仁者无敌[3]兮，龙仁四方

释义

[1] 龙生九子：一种传统的说法。在明代的一些笔记中，有很多记载。如明代徐应秋《玉芝堂谈荟·龙生九子》："龙生九子不成龙，各有所好。"这九子分别是囚牛、睚眦、嘲风、蒲牢、狻猊、赑屃、狴犴、霸下、蚩吻。 [2] 痛饮黄龙：黄龙不是酒的名称，而是金人的都城黄龙府。"痛饮黄龙"语出《宋史·岳飞传》："金将军韩常欲以五万众内附，飞大喜，语其下曰：'直捣黄龙府，与诸君痛饮耳！'" [3] 仁者无敌：语出《孟子·梁惠王上》"故曰：'仁者无敌。'王请勿疑"。

（七）

龙圣天下兮，亘古以降
龙兴神州兮，昆仑莽莽
龙饮渭水兮，大河汤汤
龙门[1]山开兮，龙踞洛阳
葱葱秦岭兮，巍巍太行
幽幽贺兰兮，阴山苍苍
长白郁郁兮，黑龙茫茫
泰山独尊兮，群岳之长
万山来朝兮，玄天武当

释义

[1] 龙门：位于河南省洛阳市南10公里。古称伊阙，隋炀帝都洛阳，伊阙正对皇宫正大门，故而改称“龙门”。民间有鲤鱼跃龙门的传说，如《埤雅·释鱼》：“俗说鱼跃龙门，过而为龙，唯鲤或然。”

（八）

歼胡马扬国威，龙城飞将[1]

白村江战东瀛[2]，强国大唐

邓芝龙[3]击倭贼，殉国海疆

郑成功复台湾，华夏荣光

冯子材败法军，捍卫边防

鉴湖侠[4]龙泉鸣，女儿悲壮

远征军杀日寇，血染沙场

李小龙兴王道，宏德泱泱

东方龙南海剑，驱盗屠狼

释义

[1] 本句化用王昌龄《出塞二首》之一：“但使龙城飞将在，不教胡马度阴山。” [2] 白村江战东瀛：白江口之战，亦称白江村之战，663年8月，唐朝、新罗联军与日本、百济联军于白江口（今韩国锦江入海口）发生的一次水战。最终，日军战船全部被焚毁，数万日军被杀或溺死。白江村一战，唐军获胜，重创日本，日本从此开始向唐朝学习。 [3] 邓芝龙：为抗击日本的明朝将领。明万历二十六年（1598年），明朝水军都督陈磷、副将邓芝龙与朝鲜海军名将李舜臣率800艘战船组成的联合舰队，与500艘战船组成的日本舰队决战，将日本舰队击溃，而邓芝龙也壮烈殉国。 [4] 鉴湖侠：指秋瑾。秋瑾（1875—1907），原名秋闺瑾，字璇卿，号竞雄，又号“鉴湖女侠”，是近代著名的革命家。

（九）

中国人神州龙，天纵无上
包龙图包青天，无欲则刚
岳武穆[1]驾长车，江山北望
关云长青龙刀，忠勇无双
诸葛亮隆中对，龙卧襄阳
屈大夫愤离骚[2]，龙舟绝唱
李伯阳[3]无为治，道德淳昌
孔夫子圣天下，儒泽无疆
十四亿中华龙，乘风破浪

释义

[1] 岳武穆：岳飞。 [2] 屈大夫愤离骚：屈原忧愤，而作《离骚》。司马迁《史记·屈原贾生列传》：“故忧愁幽思而作《离骚》。离骚者，犹离忧也。” [3] 李伯阳：老子，姓李名耳，字伯阳。

（十）

龙开眼天明地亮，万丈光芒
龙抬头仰天长啸，春声高亢[1]
告别了千年沉睡，龙吟浩荡
饱含了两行热泪，黄河长江[2]
凝聚了血脉精气，伟岸阳刚
延续了文明香火，灿烂辉煌
魂牵了百族万代，精魂沧浪
开辟了大好河山，华照吾邦
纵横于星宇长空，情动碧苍

释义

[1]“龙抬头”语出民间谚语“二月二，龙抬头”。本句描述了中国龙从沉睡中睁眼、抬头的景象，具有象征意味。 [2] 本句想象奇特，将黄河、长江比喻为中国龙的两行热泪。

（十一）

统摄着天地五界[1]，众神之长
镇抚着虎豹豺狼，生灵之王
仰望您一飞冲天，青云直上
传颂您万古神奇，龙圣天疆
崇敬您狂放威武，华美雄壮
弘扬您忠孝仁义，君子坦荡
赋一首东风化雨，爱泽九荒[2]
歌一阕龙巡天下，韶音高唱
唱一曲神龙神韵，日出东方

释义

[1] 五界：泛指天、地、人、神等各界。 [2] 九荒：意思接近八荒，指九州的极远之地。清黄景仁《登衡山看日出用韩韵》："九荒八极荡无翳，照我一寸披丹衷。"

向阳湖的历史天空

北纬29.53°，

东经114.17°，

中国咸宁向阳湖，

公元一九六九年九月至一九七四年十二月，

时空定格在这里：

波光粼粼，

湖影荡漾，

映照着六千文化人的肺腑肝肠。

你看，

他们一个个向我们走来，

次第登场。

（一）提着小桔灯的冰心

冰心老人提着小桔灯，

千里迢迢，

一路“向阳”。

她戴着一顶小草帽，

有时也破帽遮颜。

她坐在田埂上，

吆喝着鸡羊，

心静如水，

面庞慈祥。

一人极目蓝天白云，

一人静观青山高岗。

请听，

巴金先生的声音响起：

冰心大姊的存在，

就是一种巨大的力量。

（二）边城来的沈从文

沈从文从“边城”发配到咸宁“五七”干校，

他站在“四五二”高地思考，

一个人孤独地构筑着他的“湘西世界”。

他蜗居双溪，

行吟在田野湖沼：

“空将泽畔吟，寄尔江南管。”

“独轮车虽小，不倒永向前。”

他看着菜园，

踏着晨光，

凭着记忆续写《中国古代服饰研究》，

铸造了中国文化研究“第二个里程碑”的辉煌。

边城——双溪梦碎梦圆，

一头牵着乡愁一头连着苦难。

（三）从黄河到向阳湖的张光年

忘不了拼着性命和惊涛骇浪搏战的情景，

《黄河大合唱》在“五七”干校响起。

从黄河船夫到向阳湖的农夫，

张光年走在山野湖堤的日夜里。

他伴着天鹅、白鹤、沙鸥、野鸭成群飞舞，

拼命地呼吸天地间的新鲜空气。

他梦里飞到天涯海角的五公祠，

拜会李纲、李光、赵鼎、胡铨。

（四）老马臧克家

臧克家这匹老马，

走进了向阳湖的沟壑田汉。

他种地，拉车，挑粪，盖房，

他吟颂着楠竹，

品味着桂花的醇香：

“忆昔初进村，

欢迎动街坊。

劳动是我师，

亲手教插秧。

寒夜归来晚，

烫脚留热汤。

手捧一盆火，

暖身暖心肠。

主妇手中线，

为我缀衣裳。

佳节选瓜果，

身如在故乡……”

（五）二战大记者、干校大力士萧乾

百战归来行改造。

看，

萧乾披着一身硝烟，

从“二战”西欧战场扎进“五七”干校。

他老当益壮、造田、“双抢”，

花甲老人变成了大力士，

扛大活划大桨。

他偕夫人文洁若，

在无边的旷野相濡以沫。

走过王六嘴，

走过胡家湾，

走过沟沟壑壑，

风雨无悔，

他们栖身向阳湖这大自然的避难所。

（六）中国果戈里、牛棚剧作家陈白尘

陈白尘悄悄收起《升官图》，

欣然来到向阳湖。

他向往恬静的田园生活，

思忖着：

蚊子叮人总比恶语伤人要好得多。

他借居贾家湾，

徜徉古云梦泽的宽阔。

仅仅一面之缘，

他常年守候再也不来的白鹤；

反复听着云雀在高空自得其乐地唱歌。

他一铲铲地修道路，

搭桥梁，

垒大坝，

砌砖房，

堆柴垛。

他心中调侃着“五七道上卖大布（迈大步）”。

（七）诗人、战士郭小川

战士自有战士的品格。

郭小川穿上冰心大姐织的毛袜走进湖窝。

他以马扎为椅，

当床为桌，

或在劳动时背着小黑板写起田头诗歌：

“我们剧烈跳动的心……

直通着伟大的祖国……”

他拔着鸭毛帮厨，

将生黑鸭烫成社会主义的“熟果”。

他穿行在广阔的竹林，

不停跋涉，

满怀激情写下了《楠竹歌》。

（八）“左联”四条汉子：

冯雪峰　楼适夷　张天翼　孟超

冯雪峰是向阳湖的壮劳力，

他担着粪，

放着鸭，

心中却一直装着“文艺大众化”。

楼适夷，

经常拄着拐棍走二十多里，

蹚着黄泥，

摔着跟头，

还不时接受监管者的责骂。

藏着《宝葫芦的秘密》，

告别《华威先生》，

作家张天翼正在滩头深挖。

戏剧家孟超带着《李慧娘》，

也发配到咸宁，

他九死一生，

成为向阳湖末期“毕业生”。

鲁迅的精神、“左联”的旗帜有四条硬汉

发扬光大，

数十年后在向阳湖的风雪中生根发芽。

（九）雄赳赳气昂昂的周巍峙

雄赳赳，

气昂昂，

跨过鸭绿江……

头戴草帽，

身穿运动短裤，

脚踏解放胶鞋，

周巍峙着“三点式”又唱响向阳湖的滩头鱼塘：

他当着“三军”总司令，

管过猪、鸡、牛、羊；

在粪坑里掏蛆喂鸭，

鸭肥蛋大；

在严寒里和泥砌砖，

搭建瓦房；

在盛夏里背煤担菜，

任劳任怨；

修雨衣修套鞋修油毡，

盘炉修灶燃起希望；

拉车驾辕，

扎搭工棚，

挥汗插秧……

"我在干校拥有了黑里透红的脸庞，
炼就了深邃发亮的眼光。"

（十）佛教徒周绍良

佛教徒周绍良劳改干起了看水员的活。

他耐得住清苦与寂寞，

心中宁静，

与湖为伴，

他如空中尘埃、

闲云野鹤。

一边研究《全唐诗》和《资治通鉴》，

一边给湖田放水，

滋润着田禾。

他享受着干校的“大天地、小自由”，

在野畈地头筑就了自己的“安乐窝”。

他身受劳苦，

心系众生，

静思四诺八道，

默念阿弥陀佛。

（十一）“老运动员”王世襄

王世襄爱着湖区的荷叶田田、

杨柳依依，

“老运动员”“受而无怨”吟哦在

向阳湖的田埂菜地：

“风雨摧园蔬，根出茎半死。

昂首犹作花，誓结丰硕子。”

积完肥，

捕完鱼，

他又开始《养牛》：

“日斜归牧且从容，缓步长堤任好风。

我学村童君莫笑，倒骑牛背剥莲蓬。”

“老右派”苦中作乐，

漫山遍野挖兰花，

采野果：

“春搴兰草秋芝草，朝啖团鱼暮鳜鱼。

日日逍遥无一事，咸宁虽好却愁予。”

（十二）向阳湖的巾帼英雄

附近的老百姓

称冰心为会写毛笔字的小个子老太。

韦君宜这个“走资派”，

她忍辱负重，

干着男人的体力活，

而心在哭泣，

为身边一个个的逝者默默地致哀。

文洁若伴着全家被“一锅端”到干校劳改，

万幸，

他们家留下了向阳湖历史上唯一的全家福照片。

沈从文夫人张兆和体弱多病，
度日如年，
老牛郎思念老织女，
深情写下“双溪书简”。
抡起八磅重铁锤一天“稳、准、狠”地
挥动几千次，
在“打钎组”里的杨瑾俨然成了
“铁姑娘队”的一员。
古有花木兰，
今有向阳湖的巾帼撑起了半边天。

（十三）向阳湖的天空闪烁着六千颗不灭的恒星

小舟自横，

细雨徐来，

几多沧桑，

几许悲鸣。

岁月为向阳湖留下一串串不屈的身影，

时空为向阳湖定格一串串光辉的心灵。

六千人的心涛鼓起历史的风旗，

大江东去长空碧，

五千年来日月明。

青山绿了诗卷，

雨雪洗尽红尘，

向阳湖的天空闪烁着六千颗不灭的恒星。

诗意珠江

头枕五岭

胸怀大洋

血脉里奔涌着西江、北江和东江

江声豪迈

江水多情

浪花和心房奏出壮美交响

听

雨打芭蕉

渔舟唱晚

看

彩云追月

青天浩荡

春涛蔚蓝

日夜流淌

流淌着不息的追求

流淌着诗意的芬芳

琴　殇

神凝这相知的天音与漫漫的哀伤
也清濯这深情的汉水和长江
让时空定格这永恒的一瞬
让千古知音
让灵犀的金芒
熔烧这把愁琴的绝唱

送走春花秋紫
褪尽铅华浮光
但看那巍巍乎高山

也倾听这脉脉流水的汤汤
更沉醉、恸彻于子期和伯牙的
灵魂之约与心弦绝响

去吧
艳雨丽云
俗风淫香
别让这孤洁的瑶琴失贞
别玷污这圣美的明月与碧江
别羞辱这依依的佳木梧桐

别纤染这冰晶玉砌的心房

别惊扰这千年一遇和绝琴一唱

岁月悠茫

长夜未央

我仰望

祈求上苍

就让一切沉寂吧

或者消亡

但请

只为我留下

钟子期的心弦

和俞伯牙的琴殇

夜雨思故乡

长长的思念

苦苦的等待

我的忧伤已把年轮损坏

想你在万里之遥、千里之外

念你在夏花谢去、秋雨徘徊

冬雪之后

又是姹紫嫣红

百花盛开

桃花点点

梅花不败

故园的草木都是我的萦怀
爱你在心血深处、云天之外
吻你在梦醒时分、春潮澎湃
回不去的乡路
在我心中掩埋
数十年的离别
离别的是无奈
说不清的眷念
眷念着悲哀
故乡的风讯将燕语吹来

风雨无情

情缘何在

纵使百花逝去

还有心花盛开

风云

风

似一月的冰凌

二月的剪刀

三月的情汛

四月的爱潮

春风

已多年不来

但见秋叶绵绵

落木萧萧

少年白发

山河苍老

那五月的诱惑

六月的火红

七月的炽烈

八月的芬芳

是风的孕育

风的生长

那春月的艳丽

夏月的奔放

秋月的沉香

冬月的苍凉

是风在蕴积

风在吟唱

看夏日的积云

火烧的秋云

温暖的冬云

春天的祥云

云在飞舞

云在徜徉

听天边风起云涌

读人间风云际会

血脉的精魂在涌动

心中的风云在壮起

饮这甘洌的天风

拥这沉醉的馨云

心期待着久违的春雨

眼期待着远去的海潮

长天高酹

沧海横唱

今日

我唱起

这久违春天的

壮美风云

夏夜如花

夏夜如花如此美

你为何还不沉醉

时光如此短

柔情在今夜

亲爱的人儿

你何时归

葡萄美酒呀千杯少

灿烂的今夜

让我们举杯

田园牧歌迷恋着你我

忘掉前世的苦痛

拥抱此刻的光辉

来吧

兄弟姐妹

让今夜成为永恒的沉醉

送你一抹阳光

送你一抹阳光

温暖而默然

阳光打在脸上

映泻出金色的诗行

附录

岭南歌大风

——读《岭南歌》浮想

◎ 陈世旭（江西省文联、作协前主席）

岭南，五岭之南。岭南山地、丘陵、台地、平原交错，河流众多。气势磅礴的山峦、水网纵横的平原、海天一色的港湾，以及岩溶洞穴、川峡险滩，婀娜多姿。热带、亚热带季风气候，夏长冬短，终年不见霜雪。日照长，雨水充沛，林木茂盛，四季常青，百花百果终年不绝。

战国时，岭北汉人因经商、逃亡或随军征战，逐渐南来。唐代开元年间，张九龄主持扩建大庾岭新道，“兹路既开，然后五岭以南人才出矣，财货通矣，中原之声数日进矣，遐陬之风俗日变矣”。历史上，历次汉人的大举南迁，加快了岭南的开发；士人贬官的流放，对提高岭南各地文化素质与文化水平，更起到促进的作用。

古代岭南因“山高皇帝远”，较少受到中原政治风波的影响，经济发展一直较为平稳。岭南有着漫长的海岸线和较早开放的港口，海上对外贸易刺激着商品经济和商品意识。明代至清中期，广州长时间成为中国唯一的对外贸易港口，成为当时最大的商业城市之一，见证了国运的兴衰。

岭南北靠五岭，南临南海，西连云贵，东接福建，从中原地区看，是为岭外；从珠三角看，乃为岭表。温润的神山秀水孕育出岭南人能屈能伸、张弛有度、敢为天下先的性格特征，中华民族的每一次重大变革，几乎都活跃着他们的身影。

岭南古为百越之地。岭南文化为原生性文化，是悠久灿烂的中华文化的有机组成部分。以农业文化和海洋文化为源头，不断吸取和融汇中原文化和海外文化，逐渐形成自身独有的务实、开放、兼容、创新的特点。至近代，岭南成为中西文化交流的重要津梁，多种文化思潮交错而织成绚丽的画卷。岭南文化“得风气之先”，又“开风气之先”，在近现代中国文化发展中占有重要地位，成为中国政治、思想、文化发展的先导。善于吸收外来文化的开放风气，努力超越“传统导向”的进取精神，实利重商的文化倾向，使得岭南文化始终是中国近代政治革命的重要代表和领导力量。

二十世纪七八十年代，广东进入新文化时期，即岭南文化的现代阶段。作为中华民族传统文化中最具特色和活力的地域文化之一的岭南文化，可谓博大精深。但历史上，岭南文化却一度被视为非主流的边缘文化，一直遭到主流传统文化的轻视和排斥，甚至在近代岭南文化走向全国之时，它的主流地位也得不到认可。在新的历史变革中，广东承担着率先进入现代社会的使命，已经日益显示出其与时俱进的生命力的岭南文化，由此面临着新的发展机遇。当其时也，对岭南文化的再认识、再评价就显得极为必要。

岭南文化在文学的表达上期待着如椽之笔。

《岭南歌》如期而至。

“岭南大派，南天雄脉……”有柳忠秧其人，倾注心力，长达数百行的《岭南歌》，一开篇即先声夺人。诗人高居于历史与现实交叉的制高点，极目俯瞰万木葱茏的百越大地，在奇异的岭南山川，挥洒豪情，放声高歌。蛮烟瘴雨的时代早已消失，原汁原味的断瓦残垣上，仍然可以领略到热带雨林五彩斑斓的气息。神话，民谣，情歌，古俗。诡异，迷离，神秘，唯美。芳草闲庭，山水沉香。一次次的生死存亡，一场场的革故鼎新，一幕幕的慷慨悲歌，前无古人的辉煌篇章，惊天动地的浓墨重彩，如涛涌笔端。诗人仗剑跃马，指挥若定，率领着南越王赵佗以降迭出不穷的百代风流，浩浩荡荡地向我们奔涌而来。

诗作如数家珍，详细描绘了百越大地上瑰丽、奇特的自然风光和历史人文景观，广阔而深刻地呈现出岭南人的生存状态与精神面貌。诗人以岭南人文历史为载体，充分表达出自己对岭南文化的认同与景仰，一扫史上人们对其地域的偏见和歧视。透过一代代岭南豪杰之士在中国历史舞台叱咤风云的壮举，张扬属于岭南人的独特精神个性。以摧枯拉朽的气魄，彻底摆脱传统中原文化的评价标准，从繁富多彩的历史与现实情境中采撷优秀的文化因子，在复杂纷纭的政治与经济变化中梳理出鲜明的文化特质，从而建立起了自己的评价标准。多种元素构成了这部诗作高古雄迈、瑰玮奇绝的风格，并对我们所处的现代生活与文化提出追问。其诗刚健豪放，气势澎湃，如波翻浪滚。笔力千钧，上下千年，纵横万里，洋洋洒洒，蔚为大观。多情与奇诡交相辉映，厚重与性灵兼收并蓄，读之荡气回肠。

我与柳忠秧素昧平生，近年客居广州，偶有几次接触。这位诗坛界外人士，“出自楚泽”，出身书香世家，自小酷爱古典诗词，亦饱受楚风浸淫，与“我本楚狂人，凤歌笑孔丘”的浪漫狂放一脉相承。弱冠之年，闯荡岭南，跌宕起伏20余年，更深得岭南文化熏陶，使同样渊源甚深的楚文化和岭南文化在他身上得以交汇与延伸。言及当今诗歌乃至文学的式微，他与圈中人一样不无感伤。深究其故，诸多因素之外，至性至情的真文字的缺失，振聋发聩的黄钟大吕的鲜见，不能不是其中之一。正因如此，《岭南歌》在莫大程度上，使我感受到心灵的震动。

（本文发表在《文艺争鸣》2014年第5期）

诗学追求与文化旨趣
——评柳忠秧的《岭南歌》

◎ 李遇春（华中师范大学文学院教授）

柳忠秧是诗人，但他并不以写诗为生，写诗于他只是古人所谓的余事，不是用来谋生的手段。写诗能够不做稻粱谋，这样的诗人庶几可称纯粹，这样的诗人写出来的诗，才可能涤除掉那种习见的铜臭味和酸腐气。

柳忠秧作诗，追求的是大气。可能是本性使然，也可能是遭际所致，他不喜欢那种吟风月、弄花草的小巧文字。无论是去年的《楚歌》还是今年的《岭南歌》，虽然其中也不乏清词丽句，但就整体的气韵和格调来看，无疑都属于大声鞺鞳的雄健之音。他最近倾心奉献的力作《岭南歌》，不仅结构宏阔，全诗长达数百行，而且气魄沉雄，把诗人对岭南文化的眷念书写得荡气回肠，如滔滔珠江，浩渺无边。起句曰，“岭南大派，南天雄脉”，由此揭橥了全诗“大”而“雄”的诗魂。诗人追求的大气，是一种雄直刚健之气。“雄”是质，是神；而“大”是形，是貌。形神兼备，有雄乃大，故全诗骨气端翔，诵之有金石声。这种雄大之气流贯于全诗的字里行间，气势逼人。如第四节中为岭南古圣先贤作七言诗赞，计有“大功南越王”“大宗三陈氏”“大圣惠能祖”“大贤张九龄”“大直余武溪”“大哲陈献章”“大廉海刚峰”等，第五节又为晚清岭南时贤作诗赞，计有“大忠林则徐”“大勇邓世昌”“大智郑观应”“大道黄遵宪”“大师康有为”“大节丘逢甲”“大家梁新会”等，把岭南史上彪炳千秋，足以睥睨天下的大人物，用近乎组诗的形式，一一呈现在读者的眼前。诗句中频频出现的“大”字并未给人以重复拖沓之感，相反，体现了诗人辨析历史、品评人物的缜密诗思。一路读下来，诗中的雄气、豪气、正气、大气，当然还有灵气，扑面而来。诚如韩愈在《答李翊书》中所言：“气，水也；言，浮物也；水大而物之浮者大小毕浮。气之与言犹是也，气盛则言之短长与声之高下者皆宜。”《岭南歌》及其作者堪称“气盛者”，故能驾驭上下千年、纵横万里的风流人物于笔端，举重若轻。

虽然柳忠秧作诗崇气，以气为主，但他并不因此而废学，他对学有着执着的热情。他深知，没有学养为积淀，作诗只是一味地使气逞强，那样的诗很容易流于粗疏，所谓的雄气不过是粗豪之气而已。就《岭南歌》而言，其诗既非以清新为主的“诗人之诗”，亦非以思理见长的“学人之诗”，而是属于那种诗人的“学人之诗”。这是借用钱锺书《谈艺录》中的说法。所谓诗人的“学人之诗”，不同于学人的“学人之诗”，后者喜欢卖弄学问，掉书袋，宋诗的末流往往落入此中窠臼；而前者不屑于以学为诗或以诗运学，而是以学“养”诗，用学问来滋养诗的底蕴，其重在诗而不在学，反之，即重学不重诗。柳忠秧无意于做学人，他是诗人，但他崇学，所作《岭南歌》以及《楚歌》，皆体现了他融“诗人之诗”与“学人之诗”于一炉的诗学追求。柳忠秧作《岭南歌》，其意在诗亦在史，他想用凝练的诗的形态来为岭南文化史作一部浓缩型的“诗史”或曰“史诗”。说《岭南歌》是“诗史”，强调的是《岭南歌》的诗性；说《岭南歌》是“史诗”，强调的是《岭南歌》的史质。诗性与史质，二者不可偏废，倘若能融会贯通，可谓“诗之史”或曰“史之诗”矣。《岭南歌》写岭南史，咏岭南文化，其根本旨趣在以岭南文化史做载体，借以弘扬岭南文化的精神，抒发诗人对岭南文化的崇拜之情与认同之感。在诗人的眼中，“源远流长，源出马坝”的岭南百越文化，自汉代以降，便融合了汉风楚韵、儒家禅宗的文化精髓，呈现出开放的文化胸襟。

如果说全诗的第一节以写景开篇，显示出宏阔的视野的话，那么第二节则奠定了全诗的文化基调。随后在壮美的南国风光的书写中，诗人徐徐拉开了岭南文化寻根的序幕。第四节写岭南古代文化的形成与变迁，从南越王赵佗的文治武功，写到明末悲壮的东莞人袁崇焕；中间重点礼赞了确立经典“汉学”的“三陈氏”（陈钦、陈元、陈坚卿），颂赞了在南国独创禅宗、开辟中国文化新局的六祖惠能，礼赞了领唱盛唐之音的一代诗相张九龄，还为明代硕儒、广开文教的“白沙先生”陈献章送上了一瓣心香。不难看出，诗人在选择岭南古圣先贤的时候，看重的是先哲的文化贡献与精神遗产。同样，在第五节写岭南近代风云人物谱系时，诗人看重的也是在那个民族多难时期，岭南人所展现出的文化气度和民族胸怀。康有为、梁启超、丘逢甲、黄遵宪，他们都是中国近代文化史上的豪杰之士，正是他们的出现，使整个中国近代史一下子变得无比生动起来。第六节主要写异乡人在岭南所谱写的历史壮举与流风遗韵。从东晋的道教大师葛洪到唐代的文豪韩愈、柳宗元、刘禹锡，再到北宋的大儒周敦颐和旷世奇才苏东坡，乃至于南宋末年的“岭南三忠”（文天祥、陆秀夫、张世杰），还有清末抗击外侮的一代名将关天培，厉行新政的两广总督张之洞，等等，这些外来者的到来使岭南文化变得更加厚重而丰盈，尤其是给岭南文化嵌入了沉郁悲壮的底色。第七节描绘民国时期岭南大地上的壮士英杰，诗人从文化的视角平等观照国共两党历史人物的丰功伟绩，如“陈济棠称雄南天，建设粤海/叶剑英经略华南，宽济民生”，这样联语般的诗句颇具匠心，隐含了诗人实事求是的历史胸襟与文化气量。

事实上，《岭南歌》中像这样的骈词俪句还有许多，由此可见诗作者在诗体上的艺术取向。我以为，《岭南歌》属于新辞赋体，这种诗体的最大特点即“外散内律”。比如郭小川在二十世纪六七十年代的名作《甘蔗林——青纱帐》《厦门风姿》《秋歌》《团泊洼的秋天》等，都是自由体与格律体、长句与短句、散句与偶句相结合的典范，在诗体上显示了现代与传统的一种融合趋向。就《岭南歌》而言，全诗的每一节，或每一节的每一段，或每段的行数与每行的字数，都采用了并非整齐划一的处理，从而在整体的诗行建制上给读者一种豪放不拘的印象。这是外在的散文化或者自由体的印象，表现了诗作者有意打破古体诗与新体诗的诗体界限的一种努力。全诗中既有古体诗中常见的四言句、五言句、七言句，也有不常见的三言句、六言句、八言句、九言句。但这种句式的多变中又隐含了一种整饬的美，因为诗作者在遣词造句上特别重视排比与对偶，有的诗节纯粹由一副副的联语所组成，有的诗节由多首对仗式的七言小诗构成，使全诗如同锦绣华章，具有铺排的赋体美。但诗人绝对不墨守成规，他在整齐中始终在寻找变化，经常会有意地造出一些旁枝逸叶般的句子，打破格律体的板滞，恢复自由体的灵动。在骈词俪句上，诗人并不过多地采用传统俪体文常见的“四六”句型，而是大量地穿插使用“四七”“七四”“八四”“九四”“五七”乃至“三三七”“四七七”“三四三”“四七三三”等各种复杂的句型变体，稳定中有超拔，变化中见整饬。如“十三行万樯云涌，四海富给/白鹅潭江涌碧翠，月唱迷离”，像这样的骈偶句法，并非严格的对仗，而是工稳之中有疏散，飘逸之中藏严整，体现了“不拘格套”“我手写我口”的新古体诗的风韵。

总之，柳忠秧的《岭南歌》，是一首关于岭南文化的新辞赋体诗史或曰史诗。郭小川那代人的新辞赋体已经在当代诗坛久违了多年，我高兴地看到，柳忠秧在21世纪中仿佛复活了这种诗体，而且别开生面。

（本文发表在《人民日报》2011年2月1日第24版）

史诗气派的正气歌

——《岭南歌》的历史观

◎ 严昌洪（华中师范大学历史文化学院教授）

捧读柳忠秧的《岭南歌》，由于其语高而旨深，读了三四遍，慢慢含英咀华，才品尝到诗作的沉浸浓郁。在诗人笔下，那“地灵人杰”的赞语已不是一种概念，而是扑面而来的鲜活形象，使我们领略到万古岭南多壮观，千年豪杰齐登临的“大派”“雄脉”。荆楚文化沃土中走出的诗人，客居羊城多年，在岭南文化的熏陶下，对南国历史多有心得，对“春风沉醉珠水暖，海阔天空白云高”的岭南锦绣一往情深，发言为诗，创意好，感情挚，文辞美。吟诵其诗，直觉诗人文思浩瀚，如三江奔流；炼句奇诡，如五岭走丸。清代诗论专家叶燮曾道：“志高则言洁，志大则辞宏，志远则旨深，如是者，其诗必传。”柳郎独唱岭南好，没两年即在大江南北引起呼应和反响，这就验证了诗篇中所体现的志向的高远，辞章的宏丽和旨趣的隽永。诗人纵横驰骋，丰富联想，不仅描绘了祖国山川的美好景象，岭南辉煌灿烂的历史华章，更吟咏了130多位历史人物的非常事功，被评论家誉为“诗史”。

笔者作为史学工作者，常常致力于从混沌的历史中探寻事物的真相，总是害怕文艺家的戏说以离谱的“史实”误导大众。所以品读《岭南歌》，就担心颇有“喜为异说而不让，敢为高论而不顾”风格的“楚狂人”，为追求惊人之语而背离史实，为追求浪漫之情而率性月旦。其实我的担心是多余的。我发现，诗人虽不是历史学者，但其历史观多有可取之处，他虽然用的是诗的语言，但态度堪称严谨，一些典故虽似信手拈来，但却信而有征。

诗人坚持了历史发展的辩证法，岭南历史的不断发展，中国社会的曲折前行，从马坝猿人到改革开放，十余万年历史的风云变幻，他用凝练的语言全景式地呈现在读者面前——“源远流长，源出马坝/先秦百越，本根进化/汉风楚韵，融合儒家/坛经传世，佛门光大/曲江开宗，诗冠风雅/安道正谏，风采清华/一体乾坤，精微白沙/维新改良，启蒙教化/辛亥革命，碧血黄花/讨袁反帝，护国护法/英勇北伐，一统华夏/铁血抗战，壮殉国家/改革开放，鼎盛天下/风动五岭，万丈霁霞”。这14行112个字可视为诗眼，全诗的纲，其他几章都是它的铺陈、展开。

诗人的历史观还表现在，既揭示历史是由人民群众创造的这一真理，又肯定杰出人物个人在历史上的作用。从刘三姐（劳动人民的化身）、黄道婆，到三元里抗英的农民、南海亮剑的西沙儿女，从詹天佑、韦卓民、陈序经、陈寅恪等各界精英，到孙中山、毛泽东、邓小平等一代伟人，诗人用对130多位历史人物和若干英雄群体的讴歌，说明岭南辉煌灿烂的文化正是这些人前赴后继、接力合作、共同创造的成果。

总之，由于诗人怀着对历史的敬畏，歌颂真善美，《岭南歌》可以说是一曲史诗气派的正气歌，让读者感受到的是一种巨大的正能量。

（本文发表在《文艺争鸣》2014年第5期）

浓墨重彩燃发豪情

——评柳忠秧的《岭南歌》

◎ 古远清（中南财经政法大学教授）

在商风像伤风流行的年代，在网络几乎要淘汰一切的年代，诗歌已不再有黄金季节。即使有值得一读的作品，也是如云、如露、如烟、如漾的“小我”之作，鲜有如霆、如电、如光、如长风之出谷的气势磅礴的“大我”之作。正当人们引颈相望气势雄奇之作出现的时候，笔者读到了柳忠秧“韶音情韵，浪漫河山”的长诗《岭南歌》，眼前不禁为之一亮。

我先是沉醉在柳忠秧具有楚辞风韵的《楚歌》中，后是耽于万千气象、瑰丽璀璨，提供出新的审美情趣与思想素质的《岭南歌》里。徜徉在数百年来从孙中山到南海亮剑的西沙儿女的英姿、音容笑貌和“地动山崩，春波浩荡裂高穹”的历史画卷中，沉醉在“南粤大地风雷动，勇立潮头建殊功”的崇高境界里，为之手舞足蹈，引吭高歌，低回不已。

《岭南歌》是一首规模巨大、结构宏阔、生动再现广东及岭南文化千年传承之辉煌历史的史诗性作品。史诗，通常是指诞生在人类童年阶段、反映一个民族在社会发展最初阶段生活图景的长篇叙事诗，这种艺术形式后被戏剧诗体所取代。而柳忠秧的《岭南歌》，并不是戏剧诗，更不是叙事诗，而是从宏观上厘清岭南波诡云谲的历史，从“百派生机向南海”的大处和“容国团小球大道”这类小处去把握社会，并从“辛亥革命，碧血黄花”的历史情境表现“岭外雄杰，南天英豪/忠勇奋发，薪火相传”的主旨，充分体现了抒情本质，成为一首优秀的地域文化史诗。

柳忠秧追求的不是小鸟似的歌唱，而是恢宏阔远的诗境，博大新颖的形象，奔泻万里的气势。诗的开篇，便显得有声有色：

岭南大派，南天雄脉
万里云动，春潮澎湃
三江并流，珠水豪迈
千帆东去，浪淘碧海
百越气象常新，五岭巍峨多彩

这种豪放诗，其思想感情积极向上，给人一种旷达、粗犷的印象。具体说来，前两句写岭南风光的雄奇，后面写五岭巍峨多彩多姿。从语言运用上看，此诗无疑具有格调高亢、气魄豪迈的特点。司空图在《诗品·豪放》中有云："由道返气，处得以狂。"意思是说，气度豪放不失乎道，行踪狂纵抒怀自得。这说明唯有豪放的气度，才有豪放之诗。

从前面所引的诗句可看出，此诗境界壮阔，气度恢宏，既使人看到北江的迤逦、西江的壮伟，还使人想到陈济棠、叶剑英等不同寻常的气概，体会到英雄们"称雄南天，建设粤海"的宽广胸怀。后面写"八桂三杰"运筹帷幄，连战皆捷；"江南一叶"怒发冲冠，千秋忠烈。这一下就把读者带到奔马轰雷的奇险境界，使人感受到当年战场的气氛和声势，读后心胸为之开阔，精神为之振奋，不愧为豪放诗的代表作。

豪放风格的诗，潜藏着巨大的精神力量，给人进取、奋发和超越之感。为达到这一艺术效果，诗人必须充分调动自己的想象力，创构云鹏高举、势踏天宇，诸如"遍地青潮写神话"的超现实世界。在句式的选择上，则不妨用排比对偶句，以强化豪放的风格。下面是《岭南歌》第二章的开头：

壮美风云，碧波多情向海涯
大好河山，千古风流颂佳话

这两句的词组结构和词性均相同，相互成对，就好比古代两两相对的仪仗队。再如：

三元里群情激愤，人民战争
黄花岗孤军决死，浩气长存

这简直就是对联。由此可见，柳忠秧的诗歌从中国古典文学和民间文学中汲取了众多长处，故具有鲜明的民族特色。

豪放风格的诗，在境界上表现为“千帆东去，浪涛碧海”般开阔、雄浑；在气势上，体现为“风涛激荡，鲲鹏昂扬”般劲健奔放、磅礴有力，用司空图的话来说就是：“行神如空，行气如虹。巫峡千寻，走云连风。”像《岭南歌》所写的浩渺风高的南海、苍翠欲滴的白云山，还有“岭外云潮争壮色”，所表现的是遒劲的动态美，所体现的是金鼓鞺鞑的壮烈美。和这境界相似的还有第十章的一段：

岭南之春，花发天下
百派生机向南海，缤纷满怀
岭南之夏，热情盈火
四方茂盛聚繁荣，心花绽开
岭南之秋，成熟饱满香正浓，雨之韵，天之籁
岭南之冬，云山雾水为君待，风之后，春涛来

这种跳跃式的结构，形象地抒发了诗人感情的激烈变化，表现了诗人想象的宽广，其气势就好似突发的山洪，挟着澎湃奔腾之势冲出山间；又好比凌空而来的高山坠石，令读者为之惊绝，不愧为力度大、速度快的豪放之作。

从色彩上看，豪放诗人喜好用浓墨重彩抒发时代之豪情。其作品显得鲜明而强烈，色彩就似“白鹅潭江涌碧翠，月唱迷离”那样斑斓夺目。从声韵上看，豪放的诗与其他语言风格的诗也有所不同。如柳忠秧写“岭海华侨同仇敌忾，革命之母/百越赤子举家纾难，抗倭伟功”，可谓意气风发，慷慨高歌。其他写血战九州的“广东十虎”，血铸军魂的黄埔精英，还有浴血悲歌、壮怀激烈的“岭南三忠”，也表现出革命者以身报国的自我牺牲精神。在音韵上，作者选取了传统语音四呼中开口度最大的开口呼作为韵脚，读来音调高亢，这和作者的宏伟气魄正好相吻合。

为创作《岭南歌》这首豪放风格的长诗，柳忠秧对岭南的历史做了长期的钻研、追踪和探索。他不但行万里路，走遍岭南的山山水水，而且阅读了大量的岭南文史资料，但经过消化吸收，没有掉书袋，这才能从众多历史人物中挑选出赵佗、韩愈、苏轼、惠能、海瑞和林则徐，一直到康有为、梁启超、孙中山。前后写了一百三十多位名人，其中民国人物六十多人。这也是典故最多的汉诗，但作者回避僻典而采用明典。所写的诗句在字面上的意义无须考查史书也可读懂，像“冼星海唱响黄河”，“黄河”是《黄河大合唱》的缩写，这里的明典用得使人看不出是断片凑合的七宝楼台，而只觉得是妙思织就的天机云锦。

《岭南歌》的成功，还在于它不是“娱独坐”，即放在阅览室里供人眼看或一个人关在房中默读的作品，而是“悦众耳”，即适合放在群众中朗诵，读之顺口听之悦耳，具有很强的鼓动性与感染性。

之所以称《岭南歌》为朗诵长诗，除了它具有鲜明的现代意识和富于鼓动性与号召力外，还因为它的响亮、生动的韵律。它无论是写南国锦绣还是吟五岭诗章，都尽可能做到通俗易懂，语言带有一定的表情性和动作性。诗朗诵，本来是有激情、有音韵、有诗意的“演讲”，所以从形象描写的基础上升华出来的“盛世危言拯危世，强国强军先攻心/科学民主启愚蒙，身先士卒鼓维新”的政论，是构成《岭南歌》这首朗诵诗强鼓动性的重要因素。这就难怪《岭南歌》在上海世博会广东馆发布时，听众无不为之倾倒。

从楚地落籍岭南的诗人柳忠秧，走上一条只有他一人走的路，与现代派后现代派的写作方式完全不同。也许有人认为他传统，其实他对古体诗进行了革新，所创造的是一种辞赋体新诗；也许有人认为他穿的是长袍马褂，可正是这没有新潮霓虹灯装饰的长诗，赢得了广大读者的认可和喜爱，以至被誉为广东“文化强省”的重要成果。总之，柳忠秧所缔造的诗歌风景，不是“杨柳岸，晓风残月”，而是江河奔流，乱云飞渡，用诗中的话来说，是“好一首田园颂歌/真一曲山河壮怀”。中国当代诗歌不缺抒写个人内心秘密的“小众”诗，缺乏的是如黄钟大吕的新诗，如《岭南歌》这样气势雄贯、辞采腾跃，让读者荡气回肠且面向时代的“大”诗、史诗。

（本文摘自《岭南歌：柳郎独唱岭南好》，广州出版社2011年8月）

柳忠秧 著

柳忠秧诗歌选集

三

广州新华出版发行集团
广州出版社

代序

侠骨丹心　动地诗情

——评柳忠秧诗歌

◎ 蒋述卓（暨南大学中文系教授、博士生导师，广东省作家协会主席）

初识诗人柳忠秧是在一些文友的聚会上，在几杯薄酒下肚之后，他必表演吟唱他拿手的诗歌，包括对毛泽东诗词的吟唱，还有对他自己诗歌的朗诵。动情之处，热泪挥洒，激荡之时，鼓手击杯，铿锵之声四座飞扬。渐渐地，读到他的一些长诗，如《楚歌》《岭南歌》等。最近，他端出一大厚本诗集，邀我作序。恭敬不如从命，故将阅后感写下，请诗集作者及读者一并指正。

柳郎（我们都这样称呼他，他也在诗歌中如此自许）首先是一位富有侠骨豪情的诗人。他的诗喜欢追抚历史，他善于从历史的大起大落中，从伟人的丰功伟绩中寻找诗情。这从他著名的长诗《楚歌》《岭南歌》以及《天下洞庭天下楼》《天下江山黄鹤楼》等可以看出。在这些长诗中，他既对历史和伟人怀有一种崇敬感和崇拜感，同时又敢于俯瞰历史，反思历史，对历史发出追问，有时还会对古人进行评点。他的诗的大气与雄阔，主要也是通过抒写历史的沧桑感以及将历史与现实连通而充分表达的。值得注意的是，诗人常常会在追抚历史之时将自己也带进去，并寻求与古人、与历史的对话，做到充分理解古人、伟人，从而将诗的激情、豪情，以及侠情推向沸点。

柳郎又是一位极富才情的诗人。这种才情一方面来自他的自信，另一方面来自他飞落天外的想象与诗歌语言的运用。由于自信，他常常沉醉在他自己的精神世界中，任由才情横溢，自由挥洒。比如在他的《天下洞庭天下楼》中，他会“邀太白作仙游”，会“携范翁醉行舟”。在《孤柳篇》中，又自诩“人出大狂楚，心有雄血流”，“不屑小家羁，只为大爱游。笑傲临皇宇，粪土万户侯”。在

《四十自画》中，又说："人间或有真君子，世无孤品柳忠秧。"这些都是他敢于想象，敢于挥洒才情的底气。虽然他的想象多集中在历史领域，但其想象的能力都充分体现了"心游万仞，精骛八极"的特点。他的诗的语言多化用古典诗词，并巧妙地将古典诗词融入他的诗歌当中，从而构成一种既熟悉又陌生的新奇感。他又擅长使用排比句式，让诗歌的才情如李白式的豪放倾情而流。在诗体上，他虽不拘一格，但总体上看还是偏于自由，不想让太多的条条框框来束缚自己，他多选择古体而不选择格律诗也是出于这种考虑。当然，我最喜欢的还是他的《天下洞庭天下楼》的诗体，我觉得那种语言的排列与雕琢，那种井然有序但又错落有致的铺排，可以与郭小川的诗体相媲美了。如果柳郎的诗都能这样坚持做下去，那该多好。

柳郎还是一位充满爱心的诗人。这在他歌颂南水北调工程库区移民的诗《圣美大江》中得到了充分的体现。他对为南水北调工程做出重大贡献与牺牲的人们表达了感恩，表达了崇敬，丹心一片，充满爱意。

我衷心祝愿柳郎在诗歌探索的道路上更上层楼，创作出更多的精品。我相信他也会做到的。

（本文发表在《当代文坛》2014年第5期）

目录

柳忠秧的诗歌中蕴含深厚的学养和丰厚的人文精神。其诗歌一如其人，至情至性，大开大合，大气磅礴；传承中国传统诗歌的神韵，有儒家的担当，有道家的潇洒，有诗经的淳朴与真诚，有汉赋的铺排与华丽，有楚辞的热烈与奔放，有魏晋名士诗歌的自我与放浪，有盛唐诗人的格局与气象，有宋代苏辛词派的雄浑与奔放。读之，荡气回肠，空谷传响，声韵悠长，弥漫着某种宿命的孤独和悲怆。

哭长江

（一）

亲爱的君神

我至爱的大江

在万古长夜的今宵

在冬雨如磐的此刻

我再一次向您膜拜

您这君临天下的自由之王

您的喜马拉雅山

这人类最高贵的头颅

令我千百次地顶礼

千万次地景仰

我用生命的薪火无尽燃烧

伴您穿越时空

将无边的暗夜点亮

您心永恒

如唐古拉山脉一样浩荡

您从未向高天屈服

如荒原般倔犟

您是人世间灵魂雪域的皈依、自由之神的原乡

您六千三百公里的雄伟身躯

您高耸入云的圣额和宽阔沉雄的臂膀

您史诗般生生不息的滚滚波浪

倾诉着心灵的哲语

闪耀着圣洁的神光

我永志您神的威严和光芒

您是我至爱的君神、至尊的君王

您这人世的圣主、主宰山河的圣美大江

您是生命之源、灵魂之君

您是天地众神之长

我亲爱的君神

在万古长夜的今晚

我因您而无限忧伤

我要为您痛哭一场

沧海桑田

这人间已没有了神的向往

岁月荒凉

我为您作最后的祷告

滚滚红尘已没有可供您安放的神堂

我至爱的君神

我分明深感您的决绝与心殇

大河倾覆

千百次的哀痛

我依然九死不悔

依然为您献上片片心香

您依然是我心灵的神宇

是我心唯一的怀想

我至尊的长江

我不朽的君神

我心沉痛

只剩下一缕缕饮泣的碎芒

我心将死

只残留一缕缕虔诚的明光

我衰弱的心灵

还听您自在的轰响

我燃烧的心魄

还爱您这自由的君王

我至尊的君神

我至爱的长江

您不息的源流荡涤着千年腐朽

没有人能毁灭您不屈的航标和傲岸的灯塔

您的魂灵之光

分明是众生的万古明堂

（二）

我敬爱的慈父

我深沉的大江

漫漫长夜里

您依旧孑然独行

孤独彷徨

您一泻千里——五千八百米的落差

是人世上最伟岸的挺拔

支撑起天地间最高傲的脊梁

我深爱着您的血性、您的担当

我倾听着您的脉动、您的吟唱

我歌哭着您的怒涛、您的狂放

我怀抱了您的巍峨、您的苍茫

我敬爱的父君

我雄伟的大江

您是高天不落的星辰

是万古长夜的曦光

我敬爱的大江

我赤血之心的太阳

我日日怀念着您的宽厚、您的阳刚

我夜夜感受着您的博大、您的悲壮

我敬爱的慈父

我慈爱的大江

我永敬您睿智的神采和凛然的坚强

还有您高贵的头颅

永不低垂

世代高昂

我敬爱的慈父

在万古长夜的今晚

我因您而无限悲痛

我要为您恸哭一场

这人间阴霾连天、淫雨飞扬

我要为您捍卫最后的尊严和荣光

也珍藏您的峭岩、您万里烛亮的肝肠

我敬爱的大河

我犷阔的长江

我不忍您失去高贵的血统和壮美的雄狂

我偕屈子一起向您致哀

抑或是再投汨江

我伴苏子一起向您致敬

千古风流齐为您挽唱

我苦难深重的父君

我踽踽独行的君王

我知道您沉疴已久

我痛心于您的遍体鳞伤

我不忍看您被折断的龙骨和被腰斩的胸腔

安息吧

我不堪荼毒的君父

安息吧

我不堪苦痛的君王

安息吧

我不堪侮辱的圣江

您的壮阔风云鼓动起我复仇的翅膀

我以诗之利箭

射向您的仇敌

我以血的狷狂

涂染为您复仇的疆场

（三）

我敬爱的母亲

我圣美的长江

崇高的格拉丹东雪山

是您神圣的面庞

四亿年了

您依然那么亲切、那么安详

在江魂深处

您的灵泉在低唱

我仰望您母亲的庄严、神美和慈祥

您的浪花

日夜倾诉着蜿蜒柔美的乐章

您的乳汁

滋养着千山万壑、莽原高岗

您的波涛陪伴着沉沉岁月

您的春潮唤醒了茫茫洪荒

您的蔚蓝敞开了温馨怀抱

您的清泉汇聚了爱的海洋

您一百八十万平方公里的广袤胸怀

包融了多少苦难与沧桑

我深爱着您的柔情、您的哀伤

我深爱着您的温暖、您的衷肠

我深爱着您的圣慈和天尽甘洌的雪浆

我慈爱的母亲

我挚爱的长江

您一怀无边的母爱

闪烁着不灭的光芒

您奔流不息的长天之水

是慈母之心流淌的诗章

无际风雪、无涯长夜

谁也挡不住您圣崇的慈光

我慈爱的母亲

在万古长夜的今晚

我再一次亲吻您的面颊

为您流下热泪两行

我轻抚您的千层伤痛、万里悲凉

这人间已遗忘了您的大爱、您的善良

母亲

您的一江泪水、您的一怀绝唱

呼唤着亿万儿女的心声

灌溉着亿万儿女的心房

您的含辛茹苦

您沉重孤行的千年波浪

塑造了我的魂魄

浇铸了我的刚强

当污浊袭向您的刹那

我怒不可遏

血脉偾张

我至爱的母亲

这山河间污毒横流

还有什么牵挂呢

请让我伴您回到远古的洪荒

亲爱的母亲

风雨如晦

江天黯黄

我愿陪您走过寂冷的长夜

走向没有归途的远乡

亲爱的母亲

至爱的长江

无边宽阔的大海

日夜在向您我召唤

我愿以低微的生命泉流融入您雪的巨浪

流向亘古

流向深邃多情的大洋

一切都已沉沦

我只愿依偎在您温厚的胸膛

（四）

我亲爱的女神

您为何夜夜噙着泪光

是谁玷污了您的胴体

谁辜负了您的柔肠

您无垠的冰川

是人世间最洁白的乳房

您浩瀚的胸脯

滋润着无数干涸的心腔

您一滴水的晶莹

是旷古的纯洁

您一滴泪的倾诉

倾流出万种芬芳

您温顺的浅唱流动着爱的情状

您贞烈的碧浪、您美艳的羞涩和丰腴的遐想

是人世间最后的遗爱、最醇的甘酿

亲爱的长江

我的梦之女神、大河新娘

您让我年复一年热恋

日复一日怀想

您优美的曲线

每天伴我沉醉温柔之乡

您洁白的哈达、您灿烂的面庞

令我心驰神往

神向天苍

没有人能毁灭您的坚贞与孤芳

您深情无涯的眼眸足以让万方臣服

让我心熔亡

我轻轻地、静静地吻您

一吻而迷狂

我贪婪地吮吸

融化了哀愁

融入了您的芳香

亲爱的女神

在万古长夜的今晚

我再一次拥吻您的体香

紧贴您的胸房

天地间真爱无觅

也不见丝丝暖阳

您美丽的裙裾已被撕裂成朵朵悲伤

我竭力为您留下最后的凄美、最后的余芳

我不忍看您的纤腰和秀发被俗尘侵扰

我不忍看您的冰心和雪颜被禽兽轻狂

山河沉沦

地老天荒

我愿陪您寻一片乐土

找一畦花黄

东风无力

青潮无望

我只有化血为雨

为您留下爱的琼浆

秋霜无情

残雪无芒

我只有心吐丝蕊

化爱为光

为您写下百年孤独、千古绝唱

鬼魅欢悦

群魔张狂

我只有为您披肝沥胆

为您鸣奏一弦琴殇、一曲断肠

我至爱的女神

我亲爱的新娘

风雨依旧

冬夜仍长

让我再挽您的纤手

再吻您雪凝的脸庞

共蹈您我的宿命

走向深情的大海

为自由而死

为尊严而亡

圣美大江

——感恩母亲河汉江和南水北调库区七十余万移民

（一）一滴水的悲壮穿越

亲爱的人们，

您是否常梦着故乡？

梦着故园的山山水水、沟沟梁梁？

梦着浑浊的黄河、淮河与海疆？

念着疲惫的母亲们——江汉、丹江和长江？

您是否痛心于饥渴的中原大地？

您是否惊心于干涸的千里太行？

您是否揪心于亿万人渴求清泉的北方？

您是否回顾我们千百年生生不息的苦难民族？

您是否牵挂我们千百次苦难重生的美丽乡邦？

您是否感恩过一滴水的恩情和她的崇高悲壮？

嶓冢山[1]的清泉啊，

汇聚了三千里的柔情汉江。

我的故国梦园，

我的汉水如此亲切、善良。

您百劫不染，

您是中华大地仅有的大河新娘。

纤夫们拉展着您的船歌，

映照着您的蔚蓝臂膀；

释义

[1] 嶓（bō）冢山：在陕西省汉中市宁强县境内，是汉江的源头。

少女们淘洗着您的清白和纯洁梦想；

诗人们咏叹着您的田园、您的夕阳；

英雄们纵横驰骋，

分享着您的荣光；

花鸟虫鱼抒写着您的惬意、您的七彩诗章；

哲人们穿越时空，

沉思在您的身旁；

九界的生灵啊，

吮吸着您的气息和芳香。

我的悠远汉水啊，

我的圣美汉江。

您流过了巴山秦岭，

您流淌着一湾芬芳。

我迷恋着您溪边的艾草，

沉醉于您山酒的雄黄；

我读懂了您灵魂中的哀怨与忧乐、孤独和向往。

我歌哭着您的山苍苍、您的水茫茫。

您的一滴清泉足以穿越巍峨的重山。

您的一滴恩水足以放射出万丈光芒。

您的一滴神圣蜿蜒北上，

百折不挠。

您抚慰了皲裂的大地，

抚平了焦渴的万孔千疮，

您灌溉了嗷嗷待哺的山川河谷，

润泽了渴盼生机的莽原高冈。

那一滴水的穿越啊，

是亿万年的沧桑；

那一滴水的闪烁啊，

是千万钧的重量。

您向长江的温柔一撇，

撇出了三千里雄壮。

您向北方的深情一捺，

捺出了三千里琼浆。

您写下了人类版图上最伟大的“人”字，

您支撑起中华民族最无私壮美的脊梁。

您沉重的背负，

动人的吟唱，

感动了神灵，

传遍了旷野和洪荒。

我深爱着您的圣美、您的浩荡，

我怀抱了您的柔情和阳刚，

您的一滴滴恩情哪，

流进了亿万儿女的心房。

（二）一口井的深厚恩情

神奇的山川啊，

多情的南国和北方；

亲爱的兄弟啊，

血脉相连的姊妹、爹娘。

那岂止是一口供水巨井，

那是民族复兴的血浆。

丹江儿女的无私奉献和生死考量，

铸就了人类最大的恩情之井、恩泽乳房。

那每年一百三十亿立方的生命之水，

起搏着亿万人民的心脏。

坚守与牺牲、苦痛和悲凉，

抒写了一口济世天井的无尽情义，

壮写了汉江儿女的伟大坚强。

“为有牺牲多壮志”，

请别忘记丹江人民的悲伤和刚强：

请记住一九五八年十万儿女的肩挑手扛，

血肉之躯终于筑成了大坝，

竖起了栋梁；

请别忘了一九七三年的洪荒，

和一九七四年接踵而来的滔天巨浪，

库区民众承受着重大的损失和心灵的巨创；

还有那一九八三年丹江儿女

面对灭顶之灾的大勇担当，

舍小家顾大家，

那定是感动了上苍。

三千年故土五百年郧阳。

生死相依啊，

挥泪成行……

请永远铭记这含着泪水和汗水，

悲壮充盈的每一个水立方。

感恩您啊，

平凡的人们，

敬爱的老乡。

我记住了你们别人难以记住的姓名：

柳陂镇的朱时富，

感谢您的艰苦开创……

田沟村的曾元成，

感佩您的血气方刚……

东坪村的何保义，

谢谢您的宽宏大量……

“银色革命”的易发炼，

永记您的白发苍苍……

扎根山区的沈康荣，

您是知识分子的真榜样……

妙手丹青的兰士华，

您绝笔留下了《梦里郧阳》……

父母双亡的万霞啊，

善良的人们齐送你一瓣心香……

还有沈大姐、王大娘、张老乡、李老乡……

我这衰弱而沉痛的诗人，

梦回了千年汉江：

大梦中我巡游了楚、豫、川、陕的四边八方；

领略了秦、巴、江、汉的三千里风光；

行走辽阔的“四塞奥区”[1]，

我心荡气回肠；

我寻觅汉水、丹江的千古余芳，

倾听您肺腑的浩荡；

我回到了青铜光辉的楚之丹阳，

禁不住热泪，

释义

[1] 四塞奥区：四塞，古代陕西关中有“四塞之地”的说法。奥区，见《后汉书·班固传上》：“防御之阻，则天下之奥区焉。”此处的“四塞奥区”意指关中平原宽广辽阔。

偕屈子一起悲吟《国殇》；

我梦回郧阳，

倾听您在江底的绝唱；

我梦回均州，

深切缅怀您的神圣辉煌；

我的圣美汉水哟，

我的圣美丹江。

（三）一江水的史诗篇章

亿万年的大河，

孕育了母亲慈悲胸怀的宽广。

三千里的汉江，

鸣奏着您大爱无边的史诗吟唱。

南水北调，

引江济黄，

长风万里送琼浆，

您日夜输送着清甜的情意和甘美的华芳。

饮水思源，

感恩库区儿女，

感谢建设者的辛劳和开创；

滴水有恩，

百万人民涓流汇聚的功德

永远屹立世界东方。

把酒酹滔滔，

江山北望哟，

天河无疆。

心潮逐浪高，

江山如画哟，

大水汤汤。

一库清水，

泛涌着无私奉献的层层波浪，

几代人数十年的巨大牺牲，

写下人类壮美的史诗篇章。

遥看巍巍山水里，

丹江口一库清波赳赳北上；

聆听中原大地间，

陶岔渠首昂起身姿引吭；

抚摩渡槽飞架，

托水腾空，

仿佛巨流生出隐形的翅膀；

纵揽双龙探渊，

击流入地，

母亲河的裙带名叫“穿黄”；

一马平川的冀北平原，

明渠如带，

粼粼波光；

京津双城那栉比高楼间，

也听得见汉江的交响；

指点江山的手笔，
如今化作千里水廊；
昔日南方的清水，
如今引发北国欢唱；
打开龙头，
让那南北连心的祝福酣畅流淌；
让碧水滋养的新生活，
在每个人脸上荡漾。

端起一杯汉江水，

便映出那依依不舍的目光；

那一声车笛带走的，

是故园情深，

是故土苍茫。

有一种眷恋叫背井离乡，

有一种情怀叫大爱无疆。

还有一种记忆，

是那滔滔碧浪淹没的百年老房。

绵绵厚土、漫漫原乡，

长眠于那片热土的祖先哟，

我们已经远走他方——

为了那亿万双眼的渴望，

为了甘泉能有更多的人分享，

我们在新天地再创家业兴旺，

在新旷野再建梦里故乡。

在泪水中壮别，

在热烈拥抱中感受无穷的力量，

因水而迁的梦想，

又在欣欣向荣中绽放。

我踏歌而行，

顺大江北上：

呼一声屈子，

魂兮归来饮天浆。

吟一声庄骚，

大鹏击水三千丈。

问一声诗圣，

漫卷诗书喜欲狂。

唤一声岳王，

一鞭河洛碧潮芳。

昌黎公哦，

这一江清翠伴您写千古文章。

万里长城啊，

巍巍太行。

巍巍雄关啊，

碧海苍苍。

这一江清水哟，

如千年春风，

滋养着返青的麦苗，

滋润着挺拔的白杨。

我噙着泪水北进，

走在一个个现代化都市的大街小巷。

衮衮诸公，

男女老少，

且听我与你拉一下家常：

忙碌的人们，

请你慢一下脚步，

想一想，

大江北上的艰难跋涉

和这一渠清流的欢乐忧伤。

请吮一口丹江儿女千里相送的情义清汤，

请铭刻这滴水之恩的血汗和悲壮。

“富贵”的人们啊，

面对这永恒的生命之水，

你是否该多一点敬畏、珍惜，

少一点铺张？

当五十年几代人的心血

和千万人的汗水为你而奉，

我们该不该默默感恩，

流出清泪两行？

数省区亿万受惠大江的人们，

当你饮罢清浆：

还请你再想一想库区的困苦和荒凉。

再听一听百万丹江好儿女的心声和梦想。

再亲一亲江汉慈母的面庞。

再抱一抱江水圣母的温馨臂膀。

再靠一靠汉江、丹江、长江母亲们的温暖胸膛。

请弯下我们并不高贵的腰，

念着千里外的大河故乡，

来一次鞠躬，

做一次虔诚的祈祷。

感恩您——含辛茹苦的大江母亲，

感恩您的悲悯慈祥。

感恩库区人民，

感恩伟大坚贞、无私善良的圣母汉江、丹江。

天下江山黄鹤楼

茫茫九派[1]

天下江山

聚斯一楼

浩浩洪波

四海舟楫

东向吴楚

释义

[1] 九派：据说长江在湖北、江西一带有九条支流，因以九派称这一带的长江。后也用九派泛指长江。

巴山群峰
潇湘云水
几度春秋

烟波起处
几番风雨
千古风流

以武而昌[1]

临江筑楼

山川险阻

瞭望戍守

长烟落日

苍茫孤舟

释义

[1] 以武而昌：魏黄初二年（221年），孙权自湖北公安迁都鄂县，改鄂县为武昌县，意为“以武而昌”。同时设立武昌郡，下辖武昌、阳新、浔阳等六县。在东吴立国的近60年中，武昌（今鄂州市）作为国都或陪都，长达45年。

官商行旅

迁客骚人

心殇情留

游必于斯

宴必于斯

脍炙人口

荆楚腹地

天下绝景

锦绣全收

平野湖沼

两江三镇

潮涌矶头

屡建屡毁

兴废相连

几多悲愁

孤立千岁

雄踞龟蛇[1]

歌哭神州

释义

[1] 龟蛇：龟山和蛇山是长江边上两座高90米左右的小山。毛泽东《菩萨蛮·黄鹤楼》有“龟蛇锁大江”一句，意指武汉长江大桥横跨于武昌蛇山和汉阳龟山之间。

昔人已去

此地空余

白云千载空悠悠[1]

晴川历历

芳草萋萋

日暮乡关冷月浮

释义

[1] 本段化用唐代诗人崔颢《黄鹤楼》诗中的句子。崔颢《黄鹤楼》："昔人已乘黄鹤去，此地空余黄鹤楼。黄鹤一去不复返，白云千载空悠悠。晴川历历汉阳树，芳草萋萋鹦鹉洲。日暮乡关何处是？烟波江上使人愁。"

西望长安

碧水东徊

东风杏雨泪长流

玉笛声碎

梅花渐落

江城[1]五月伤春柳

释义

[1] 江城：指临江的城市。此处的江城指武汉市。

孙权争霸

兴亡几度

吴宫花草埋古丘[1]

周瑜设宴

大浪淘沙

波涛饮尽击兜鍪[2]

释义

[1] 语出李白《登金陵凤凰台》：“吴宫花草埋幽径，晋代衣冠成古丘。” [2] 兜鍪（dōu móu）：古代打仗时戴的头盔。

崔颢凛风骨

雄浑高古

一人诉尽千年愁

太白[1]乘仙风

搁笔惊呼

凤去台空江自流[2]

释义

[1] 太白，指李白。相传李白登黄鹤楼，想作一首题咏诗，见到崔颢的《黄鹤楼》，觉得自己写不过崔颢，只能作罢。后来李白登金陵凤凰台，终于写出了一首可与崔颢作品并肩的《登金陵凤凰台》。 [2] 语出李白《登金陵凤凰台》：“凤凰台上凤凰游，凤去台空江自流。”

浩然[1]西辞去

孤帆远影

烟花三月下扬州

乐天[2]思渺茫

雾深霜冷

醉来堪赏管弦秋

释义

[1] 浩然：指孟浩然（689—740年），字浩然，襄州襄阳（今湖北襄阳）人，是唐代著名诗人，世称“孟襄阳”。现存诗二百余首。 [2] 乐天：指白居易。白居易（772—846年），字乐天，号香山居士，河南郑州新郑人，是我国唐代伟大的现实主义诗人，著有《白氏长庆集》，代表诗作有《长恨歌》《卖炭翁》《琵琶行》等。

贾岛登高槛

孤魂野水

空使含晴对余晖

仙道传神奇

与民同欢

黄鹤起舞不独乐

放翁[1]听长笛

裂石穿云

苍龙阙角天音合

武穆驾长车[2]

踏破贺兰

一鞭直渡清河洛[3]

释义

[1] 放翁：指陆游。 [2] 武穆，指岳飞。见岳飞《满江红》（怒发冲冠）："驾长车，踏破贺兰山缺。" [3] 语出岳飞《满江红·登黄鹤楼有感 》："何日请缨提锐旅，一鞭直渡清河洛。却归来、再续汉阳游，骑黄鹤。"

杨慎叹兴亡[1]

多少英雄

灰飞烟灭谈笑间

居正[2]望仙阁

飞雪落远

夜深高咏独鸣舷

释义

[1] 此处指明代杨慎（1488—1559年）所创作的《临江仙》：“滚滚长江东逝水，浪花淘尽英雄，是非成败转头空，青山依旧在，几度夕阳红。白发渔樵江渚上，惯看秋月春风。一壶浊酒喜相逢，古今多少事，都付笑谈中。”该词为小说《三国演义》所引用，是开篇词，广为传诵。 [2] 居正：即张居正（1525—1582年），字叔大，少名白圭，号太岳，谥号文忠，湖广江陵人，又称张江陵。晚明权相，力主改革，取得了一定成绩。

一十八载[1]

劳歌作楚人[2]

缔造皆从江汉始

一枪射落[3]

皇冠飘然去

首义创建真共和

释义

[1] 一十八载：指张之洞在武汉经营十八年。 [2] 语出张之洞《奉答柯逊庵中丞》："方悟离乡庄舄老，劳歌已作楚人吟。" [3] 一枪射落：指辛亥革命打响推翻清政府的第一枪。

辛亥洒碧血

义无反顾

牺牲只为造民国

右任[1]望故乡

永不能忘

葬我高山望大陆[2]

释义

[1] 右任：指于右任（1879—1964年），原名伯循，字右任，陕西省三原县人。于右任早年加入同盟会，是国民党元老，也是著名的社会活动家、书法家、教育家，近代中国高等教育的奠基人之一。 [2] 语出于右任《望大陆》一诗：“葬我于高山之上兮，望我大陆；大陆不可见兮，只有痛哭。”

大河上下

诗人酹滔滔

指点江山起宏图

激扬文字

润之[1]为楚雄

横扫千军开新国

释义

[1] 润之：即毛泽东。

四边八角

四面八方

雄楚雄天何其宽

一城三国

一楼九水

荆山荆野波光烂

一桥飞架

九省通衢

龙腾虎跃好江山

首义天下[1]

通纳九州

大江壮美大武汉

释义

[1] 首义天下：首义就历史事件而言指辛亥革命。此处诗人将它上升为“首义精神”，即勇于创新的首创精神和改革精神。

登斯楼

吟斯楼

天下江山唯斯楼

歌斯楼

哭斯楼

把酒还说万古愁

醉抚江城

柳郎唱楚歌

人有悲欢心忧乐

擎风长啸

孤野[1]再登临

自君天下[2]巡江河

释义

[1] 孤野：诗人以孤野自喻。此处以及下文的“孤野”均指诗人本人。 [2] 自君天下：是诗人的一个观点，意指追求绝对的精神独立和思想自由。

生死穿越

柳郎踏仙游

轻拨浮云迎海日

春潮再起

孤野独吟哦

自由天下骑黄鹤

天下洞庭天下楼

看

天下有此一湖

乃八百里烟雨美洞庭

登

天下唯斯一楼

是千万年忧乐岳阳楼

酹

悬壶痛饮江河水

邀太白作仙游

悲

长歌当哭酒与泪

携范翁醉行舟

鲁肃筑城[1]

临湖阅三军

气盖吴楚

周郎[2]拜将

奉邑领南郡

意气风流

释义

[1] 本处叙述岳阳楼的修建过程。最早可追溯至东汉末年，孙权的大将鲁肃奉命镇守巴丘。建安二十年（215 年），鲁肃在巴陵山上修筑了阅军楼，这座阅军楼就是岳阳楼的前身。此后阅军楼一直被称为巴陵城楼，到唐朝时期才称岳阳楼。 [2] 周郎：指周瑜。

魏武[1]南征

舟师击刘备

鞭指巴丘

张说[2]任岳

斯文集四海

盛斯一楼

释义

[1] 魏武：指曹操。 [2] 张说（667—730年），字道济，一字说之。原籍范阳（今河北涿州市），世居河东（今山西永济）。唐代著名政治家、诗人。唐玄宗开元四年（716年），时任中书令的张说被贬谪到岳州（今岳阳），任职期间他在鲁肃阅军楼旧址上修建了岳阳楼。

巴丘山[1]下

盝顶飞檐气势阔

名极魁首

金鹗峰[2]前

楼临玉树对君山[3]

浪涌衷肠

释义

[1] 巴丘山：即巴陵山，在湖南岳阳县治西南隅，濒临洞庭湖。《水经注》："湘水又北至巴丘山入于江。" [2] 金鹗峰：即金鹗山。金鹗山位于岳阳市城区中心，西望洞庭湖，东滨南湖。山形如巨鸟伫立。 [3] 君山：古称洞庭山、湘山，在洞庭湖中，与岳阳楼遥遥相对。

扬子江上

不舍昼夜诉心语

潮吟绝唱

怀甫亭[1]畔

满目疮痍病孤舟

水恸湖殇

释义

[1] 怀甫亭：建于 1962 年，坐落于岳阳楼院内临湖五坪台，为怀念杜甫而建，现为岳阳楼的一处景观。

浩浩汤汤

万千气象横无际

蔚为壮观

凄凄切切

迁客骚人对愁眠

酒旗低垂

阴风怒号

日星隐曜浊浪高

鹭起鸥飞

山岳潜形

樯倾楫摧听虎啸

猿啼雁回[1]

释义

[1] 本节与以上几节都化用了范仲淹《岳阳楼记》：“予观夫巴陵胜状，在洞庭一湖。衔远山，吞长江，浩浩汤汤，横无际涯；朝晖夕阴，气象万千。……阴风怒号，浊浪排空；日星隐曜，山岳潜形；商旅不行，樯倾楫摧……”

湘水甜甜

九嶷山巍

帝子乘风下翠微

资水[1]悠悠

冰洁珠泪

雪峰玉顶隐芳菲

释义

[1] 资水：位于湖南省中部，西源赧水发源于湖南省邵阳市城步苗族自治县北青山，南源夫夷水发源于广西资源县越城岭，两水于邵阳县双江口汇合，流经邵阳、新化、安化、桃江、益阳等市县，于益阳市甘溪港注入洞庭湖，全长 653 公里。

沅水[1]绵绵

桃园花飞

芙蓉国里尽朝晖

澧水[2]媚媚

诗柔情纤

百峰回转九曲归

释义

[1] 沅水：俗称沅江，发源于贵州省云雾山，进入湖南后，主要流经怀化市、湘西自治州，以及常德市的桃源、鼎城和武陵。在常德的德山注入洞庭湖，全长 1033 公里。 [2] 澧水：位于湖南省西北部，发源于桑植县北部山区。东流经张家界、慈利、石门、澧县等县市，在津市流入洞庭湖，全长 388 公里。

北望神州

中原脉动英武气

雄心起

西凝昆仑

神峰高岳水云奇

倚天立

东去扶瀛[1]

春花三月漫天新

杨柳依

南极潇湘

惠风抚尽碧空晴

梦佳期

释义

[1] 扶瀛：指日本。

春和景明

芷郁兰青

观芳草香涛白云间

夏潮劲涌

浮鳞跃金

听渔歌舟子唱流连

秋叶红柔

皓月长烟

惊平湖缱绻波光艳

冬雪轻舞

地洁穹澄

喜九界[1]清白洗心天

释义

[1] 九界：泛指天、地、人、神等各界。

屈大夫汨罗怀沙

九死犹未悔

大悲凝楚魂

李太白江船谪仙

长风济沧海

斗酒狂楚声

杜子美[1]凭轩涕泗

乾坤日夜浮

孤舟有老病

孟浩然坐观垂钓

气吞云梦泽

波撼岳阳城[2]

释义

[1] 杜子美，即杜甫。杜甫《登岳阳楼》：“……吴楚东南坼，乾坤日夜浮。亲朋无一字，老病有孤舟。……” [2] 见孟浩然《望洞庭湖赠张丞相》中“气蒸云梦泽，波撼岳阳城”一句。

韩昌黎寒韵辨湘灵[1]

莫辞今人醉

长恨古人醒

柳河东孤怀焚香琴

独钓寒江雪

烟波寻大隐

释义

[1] 韩昌黎，即韩愈。本句语出唐代窦庠《酬韩愈侍郎登岳阳楼见赠（时予权知岳州事）》：“……夜光疑汉曲，寒韵辨湘灵……莫辞今日醉，长恨古人醒。”

白乐天危楼凭曲阑[1]

夕波近红处

云泽水漫漫

刘禹锡楚望何怆然[2]

孤城寄远目

巴陵仰高山

释义

[1] 白乐天，即白居易。本句见白居易的《题岳阳楼》："岳阳城下水漫漫，独上危楼凭曲阑。春岸绿时连梦泽，夕波红处近长安。……" [2] 见刘禹锡《韩十八侍御见示岳阳楼别窦司直诗因令属和重以自述故足成六十二韵》："楚望何苍然，曾澜七百里。孤城寄远目，一写无穷已。……"

元微之怅望残春[1]

风迎坐见千堆雪

满棂湖水万般意

李商隐雨梦高唐[2]

欲为平生一散愁

可怜万里堪乘兴

释义

[1] 元微之，即元稹。本句语出元稹《岳阳楼》中“怅望残春万般意，满棂湖水入西江”一句。 [2] 见李商隐《岳阳楼》：“欲为平生一散愁，洞庭湖上岳阳楼。可怜万里堪乘兴，枉是蛟龙解覆舟。”

黄庭坚天地为家
满窗风雨独凭栏
投荒万死鬓毛斑

辛弃疾金戈铁马
醉里挑灯看长剑
拍遍万千阑与干

范仲淹胸藏万壑

去国怀乡笑谗讥

与君同忧

欧阳修气韵千古

苍颜白发醉太守

与民同乐

陆放翁寂寞无主[1]

醉里独携苍玉笋

与龙共吟

文天祥凛然正气

留取丹心照汗青

与日同辉

释义

[1] 陆放翁，即陆游。本句语出陆游《吹笛》中“醉里独携苍玉笋，岳阳楼上作龙吟”一句。

张之洞沧浪濯足

招魂呼屈子

鼓瑟吊湘君

黄遵宪杜鹃泣血[1]

再拜忧天泪

挥斥哭秦汉

释义

[1] 本句化用黄遵宪《赠梁任父同年》中“杜鹃再拜忧天泪，精卫无穷填海心”一句。

毛润之间鼎沉浮

酹酒洒云天

指点大江山

快哉

无边落木萧萧下

席卷滔天腐朽

壮哉

不尽长江滚滚来

漫展圣美诗绸

饮一口春风啊

泥香草绿吹来千万年雪藏的春讯

揽一怀春潮哟

魂灵沉醉倾听八百里浩荡的春声

登斯楼也

怆然泣下唤屈圣[1]

天地悠悠

登斯楼也

凤歌李白笑孔丘[2]

一世狂楚

释义

[1] 屈圣：即屈原。 [2] 本句化用李白《庐山谣寄卢侍御虚舟》“我本楚狂人，凤歌笑孔丘”一句。

登斯楼也

四面河山上心头

何乐何忧

登斯楼也

八方风云奔眼底

无尽风流

“不以物喜”[1]

忧国忧民庙堂高

“不以己悲”

宠辱偕忘江湖远

“先天下之忧而忧”

请今日千万公吏扪心问

“后天下之乐而乐”

听楚泽孤野柳郎吟悲声

释义

[1] 本节与下节使用范仲淹《岳阳楼记》中“不以物喜，不以己悲”“先天下之忧而忧，后天下之乐而乐”等句子，目的是用古人的高尚叩问当代人的心灵。

再看洞庭天下水

思接苍黄岁月情铺百里汪洋

万古风涛

浩浩汤汤

清者自清

浊者昏茫

再登岳阳天下楼

敬听伟人孙中山的百年洪亮

世界潮流

浩浩荡荡

顺之则昌

逆之则亡

岳阳楼顶的山河

李白

杜甫

孤野柳郎

在岳阳楼顶诗会

太白醉吟

水天一色

风月无边

子美诗悲

亲朋无一字

老病有孤舟

血肉老去江山青

长使英雄泪满襟

我站在这千年风雨的楼顶

倾听了

诗人的灵魂交集

这苍茫的雄楼

这老病的孤舟

该是载不动这无边的江山

和无际的哀愁

诗仙的风月

诗圣的孤舟

在浩荡的水天里

漫卷着历史沧桑的画卷

呼一声太白仙君

我沉醉于黄河之水天上来

唤一声子美老人

我震撼于无边落木萧萧下

一寸山河一寸心

万里朝晖泪春深

一寸山河一寸情

千古风流爱与恨

一寸山河一寸血

金戈铁马烽烟鸣

一寸山河一寸忧

百年老病百年愁

一寸山河一寸美

这岳阳楼顶的大江山

这无际的山河是我最深切的眷恋

附录

大视野·大情怀·大境界

——评长诗《天下洞庭天下楼》《天下江山黄鹤楼》

◎ 余三定（湖南理工学院中文系教授）

一

柳忠秧的抒情长诗《天下洞庭天下楼》，充满激情，内蕴理趣，读起来给我回肠荡气、心潮澎湃的感觉。让我特别感动和振奋，也带给我长久的回味和思索。它给我的最突出印象就是大气（气势、气魄、气象），所谓大气具体说就是诗作具有大视野、大情怀、大境界。

大视野，就是《天下洞庭天下楼》所表现出来的无限的空间感和永恒的时间感。

诗作首节的开头两行写道，“看/天下有此一湖/乃八百里烟雨美洞庭/登/天下唯斯一楼/是千万年忧乐岳阳楼”。首行诗从空间角度写洞庭湖，“八百里烟雨”就已经给人广阔、浩渺的感觉，而广阔、浩淼的洞庭湖只是“天下”的“此一湖”。这种写法有点类似于电影中的蒙太奇组接，“天下”仿佛广阔的全景镜头，“此一湖”则仿佛是紧接全景镜头之后而来的特写镜头，带给人无限的想象空间。第二行诗从时间的角度写岳阳楼。岳阳楼是“千万年忧乐”的凝聚和具象化。这既是写岳阳楼的久远，更是写岳阳楼文化、岳阳楼精神的不朽。接下去的六节，是首节的自然延伸和发展。空间上，由岳阳楼、洞庭湖起笔，而至湘、资、沅、澧“四水”，继而扩展到“神州”“昆仑”乃至整个世界；时间上，由“鲁肃筑城”的三国时期起笔，而至唐代“张说任岳”，再至广泛意义上的“春和景明”“夏潮劲涌”“秋叶红柔”“冬雪轻舞”的延续，经历了由具象到抽象、由即时到永恒的提升。

大情怀，即是大襟怀，就是《天下洞庭天下楼》所挖掘、总结、提炼出来的与湖湘相关联的历代文人志士的情怀和志向。这在一定意义上也可以说是湖湘文化的精髓与特点。

诗作接下去的一节写道，“屈大夫汨罗怀沙/九死犹未悔/大悲凝楚魂/李太白江船谪仙/长风济沧海/斗酒狂楚声/杜子美凭轩涕泗/乾坤日夜浮/孤舟有老病/孟浩然坐观垂钓/气吞云梦泽/波撼岳阳城”。屈原的执着与悲悯，李白的浪漫与狂放，杜甫的深情与苦难，孟浩然的气魄与雄心……，正是湖湘文化的具象显现与典型概括。伟大而富有生命力的湖湘文化，依托“洞庭湖”“岳阳楼”而生生不息，源远流长，且不断发扬光大，不断变革创新。诗作承接上文，一直写到近现代的张之洞、黄遵宪、毛润之，这部分的最后一句是，“毛润之问鼎沉浮/酹酒洒云天/指点大江山”。可以说，主宰“沉浮”、“指点”江山，是毛润之的“大情怀”，是湖湘儿女的“大情怀”，更是全部中国人民的“大情怀”。这种“大情怀”因为新中国的成立而真正付诸实现，又由于新时期的到来而提升到新的、更高的层次。

大境界，就是《天下洞庭天下楼》所表现出来的回顾历史、超越历史，直面现实、反思现实，追求自我、升华自我的真正的诗人境界。

诗作写道，“登斯楼也/四面河山上心头/何乐何忧”。笔者觉得，这里“何乐何忧”的发问，既是设问，也是反问。其内在意蕴至少有如下两个方面的含义：一方面，诗作是要我们每一个人自问、自省我们为何而乐、为何而忧；另一方面，诗作也是在探询，我们能否追求到一种“无忧”的境界。我想，从现实出发，我们暂时是进入不了“无忧”的境界的，但我们应该、也可以把“无忧”的境界作为我们向往、期待和追求的理想的境界。

诗人柳忠秧是浪漫而富有激情的，同时也是深刻而清醒的。所以他在紧接其后的下一节有这样两行诗句，“‘先天下之忧而忧’/请今日千万公吏扪心问/‘后天下之乐而乐’/听楚泽孤野柳郎吟悲声”。前一行诗实际是在说，今日不少公吏尚未真正做到“先天下之忧而忧”；后一行则是在说，现在尚未到“后天下之乐而乐”的时候。

从全诗看，《天下洞庭天下楼》有着诗人强烈的自我色彩，但全诗所内蕴的情感并未停留在纯粹自我的小天地，而是从自我情升华到了湖湘情、民族情、天下情。这也是追求自我、升华自我的真正的诗人境界。

二

笔者以为，柳忠秧的《天下江山黄鹤楼》最成功、给我们留下印象最深刻的地方，就在于其既状写出了黄鹤楼的外在形貌，又妙传出了黄鹤楼的内在神韵；诗人进而借助自己对黄鹤楼的写形传神，表达了其追求内在自由、追寻自由王国的诗意向往和美好境界。

《天下江山黄鹤楼》起笔就气势恢宏，不同凡响。其首节写道，“茫茫九派/天下江山/聚斯一楼/浩浩洪波/四海舟楫/东向吴楚”。“天下江山”是诗人对黄鹤楼新颖、独到、准确而富有激情的概括、描绘，具有强烈的视觉冲击力、心灵震撼力和绵长感染力。为什么说黄鹤楼是“天下江山”呢?诗作接下去告诉我们，因为从恒久的历史时间上看，“巴山群峰/潇湘云水/几度春秋/烟波起处/几番风雨/千古风流”。上引“几番风雨”“千古风流”，是对黄鹤楼绵长的、永恒的、不朽的历史的真实概括。从广阔的地域空间上看，“荆楚腹地/天下绝景/锦绣全收/平野湖沼/两江三镇/潮涌矶头”。上引“荆楚腹地”“天下绝景”“锦绣全收”，是对黄鹤楼所处的重要空间位置和独特美景的传神描摹。诗作在对黄鹤楼的历史时间和现实空间作出了上述时空交汇的大手笔描写后，接下去聚焦于黄鹤楼，“四边八角/四面八方/雄楚雄天何其宽/一城三国/一楼九水/荆山荆野波光烂”。诗作这里的描写亦是别致新颖，可谓既具象、又抽象，既写景、又写意，既给人具体的印象，又给人无限想象的空间。

《天下江山黄鹤楼》既写黄鹤楼的历史和空间，这是写“物质”的黄鹤楼，更作力写黄鹤楼的精神和神韵。“一桥飞架/九省通衢/龙腾虎跃好江山/首义天下/通纳九州/大江壮美大武汉”。“龙腾虎跃”“首义天下/通纳九州”“大江壮美”等，就是诗作对黄鹤楼内在精神和神韵的提炼、概括和升华。后文分别叙写古代的政治家孙权、周瑜，诗人崔颢、李太白、陆放翁等，叙写现代的于右任、毛润之等，及至写到当代的“柳郎唱楚歌”，上述诸人都是黄鹤楼“天下江山”的书写者、承载者，都是黄鹤楼精神的创造者、传承者、弘扬者。

诗作继续写道，“登斯楼/吟斯楼/天下江山唯斯楼/歌斯楼/哭斯楼/把酒还说万古愁”。这是对“天下江山”黄鹤楼的进一层的歌咏，也是诗人敢于担当“天下”、为天下而“万古愁”的心志的真诚表白和写照。“万古愁”，不是为小小的个我而“愁”，也不是为某个短暂的片刻而“愁”；而是为整个人类而“愁”，为人类的永恒、永恒的人类而“愁”。“愁”，在诗中也已经不能再作单纯的“忧愁”来解，而是升华到了人类命运之关爱的崇高境界。

诗作最后一节，“生死穿越/柳郎踏仙游/轻拨浮云迎海日/春潮再起/孤野独吟哦/自由天下骑黄鹤”。在这里，“生”与“死”可以“穿越”，“浮云”可以“轻拨”，且又身处“孤野”之地，这是一幅多么神奇、美妙、自由的图画和天地啊！诗作最后一句“自由天下骑黄鹤”，将全诗推向一种高臻境界，那就是诗人和哲人获得内在自由的境界，就是人由必然王国进入了自由王国的境界。这种境界是具象的，又是超越具象进入了哲理层次的，因而是富有哲学意义的。

可以说，《天下江山黄鹤楼》在“大气”中更具一种哲理意蕴、哲学思辨。

（本文发表在《文艺争鸣》2014年第5期）

复兴“大武汉”的诗歌预言

——评柳忠秧的《天下江山黄鹤楼》

◎ 李遇春（华中师范大学文学院教授、博士生导师）

毋庸讳言，当代文学中的“大武汉”形象隐含着这座城市骨子里的“小”而不是“大”，是小家子气，而不是大家气度。然而，在读了柳忠秧的新古体长诗《天下江山黄鹤楼》之后，我得承认，我在他的这首长诗中看到了真正的“大武汉”的历史文化气象。柳忠秧不是那种吟风月、弄花草的浪漫派诗人，也不是那种习惯于以审丑为乐的现代派诗人。他作诗迷恋历史、倾心文化，尤其长于作那种纵横捭阖、横扫千军如卷席的长篇文化史诗，比如《楚歌》和《岭南歌》，又比如《天下洞庭天下楼》，乃至《天下江山黄鹤楼》，都是当代诗坛难得一见的优秀长篇文化史诗。关于黄鹤楼，古往今来的名篇佳作不可谓不多，柳忠秧想在这里和古圣先贤分一杯羹并不容易。面对崔颢的七律绝唱，当年连诗仙李白也曾自叹弗如，举杯投笔不敢书，后来者如果没有一定的积累，是断断不必在此置喙的。然而，秉性狂放、横迈孤野的柳忠秧，不惮历史上经典诗文的压力，反而吞吐八荒，笔纳万象，把有关黄鹤楼的种种历史事件、文化景观和诗坛佳话，全部熔铸于胸，倾诉于笔端，一发而为古朴雄豪、苍凉慷慨的动地歌吟。这不能不让每一个江城子民感发而兴起，叹为金声玉振重现于斯年斯世。《天下江山黄鹤楼》，仅题目的提炼便可见诗人的大气魄，及观全诗，更能看到一个真正热爱武汉这座城市的鄂籍诗人发自内心深处的告白。这是一首献给“大武汉”的长篇文化史诗。虽然身处岭南，但柳忠秧胸中跳动着的却是对以黄鹤楼为文化符号的“大武汉”的殷殷之心。所以他的这首长诗，我以为还是对“大武汉”近年迎来21世纪复兴的诗的预言与召唤。诗中对“大武汉”的城市文化精神的提炼和歌咏，如诗人长期以来一直鼓吹的“雄楚雄天宽，大江大武汉”“首义天下/通纳九州”这些关键词，都一并汇入了“一城三国/一楼九水”“一桥飞架/九省通衢”这般壮美简洁的地理文化书写中。长诗的最后，诗人用近乎游仙的笔法抒写衷肠，格调悲壮而崇高。柳诗一洗唐人的愁苦和暮气，如崔颢之“烟波江上使人愁”，李白之“长安不见使人愁”，转而高唱“自君天下巡江河”“自由天下骑黄鹤”。这是一种富有现代气息的个性意识和自由精神的折射和迸发，给全诗增添了强烈的时代色彩。

和柳忠秧其他的文化史诗一样，这首长诗同样长于用典、善于化典，把古圣前贤的妙语绝句在融会贯通后随己意而率性切割和组合，这是柳忠秧作诗的一大本事。在继承中创新，既不做古人的奴隶，也不弃古人如敝屣，这种文化和文学的胸襟，我觉得是难能可贵的。在诗体上，这首诗继续发挥了新古体诗的长处，熔四言、五言、七言于一炉，萃散句与骈句为一体，把四言诗的古雅庄重与长短句的曼妙灵动有机地结合在一起。尊古而不泥古，故能脱古而出，这正是柳忠秧作诗的过人之处。

唯其形式精妙，更兼思想深幽，诗人才深度触摸了这座城市的灵魂。

（本文发表于《文艺争鸣》2014年第5期）

柳忠秧——著

柳忠秧诗歌选集

四

广州新华出版发行集团
广州出版社

代序

诗言志，人之志

——柳忠秧古风小议

◎ 赵镒生（广州市文联原秘书长、党组成员）

诗言志，作诗之魂。志者，士之心也，士即勇士、战士，包括修养之士，心则为心向、心动、心情。凡士者皆应有远大之心、宽仁之心、坚韧之心，如此方为有志。有志之士当受尊重，士之有志当以言之。然而，所言者并非都为诗，诗言志是人生的磨炼，是对逆境经历的总结与强烈思考，是超凡脱俗的感悟与精彩文字的渲泄表达。近日，读了柳忠秧的诗，颇有这种感受。

柳忠秧好古诗，而且好写古诗，久而久之，便拟古为今，化典致用，写出一首首当人之诗、士人之志，颇有 “出自楚泽擎天勇，醉爱太白动地狂”（柳忠秧《四十自画》）的味道。“勇”是有志者，“狂”是有志向，气势逼人，羁旅无涯，从而构成柳忠秧诗悲苍英雄古风诗特征，也成为他古风诗的主体。

英雄之诗并非人人能写，人人会写，这是因为英雄气质非平凡而生。三国曹操是权臣还是枭雄并不重要，重要的是他历经残酷的风雨磨难最终成为一代英雄。腥风血雨、艰难困苦的经历炼就了曹操内心的英雄气概，于是才有了54岁横槊赋诗，唱出了“山不厌高，海不厌深。周公吐哺，天下归心”的英雄之诗。英雄之诗又不是人人会写的，唐末黄巢就是一例，一首菊赋“我花开后百花杀”“满城尽带黄金甲”露出暴戾之气。同样是通俗古风，明朝大英雄戚继光就作得得体，“一年三百六十日，多是横戈马上行”。所以英雄诗不好写，凡人不敢写，英雄古风日渐见少。

柳忠秧能把握好英雄古风的分寸,有气魄而不俗野，写真情能灭靡绮，实属不易。比如《壮士一别赴汶川——遥赠慈善家、民办教育家惠山兄》曰：“壮士一别赴汶川，救死扶伤济苍黄。与尔相识秋风暖，而今共嘘同胞寒。为兄苦战废墟里，愚弟挥诗慰君怀。把酒抗灾凯旋日，携手放歌登高台。”这首诗在事中显英雄，在情中叙英雄，平凡处含浩气，言辞里渗古韵。又比如《大风过长江》，可以说是诗人的写照，是很精练的好诗，短短的二十字，写了“风”“江”“心”“浪”“云”“气”和“玄黄”，将天人、心物、志向汇聚，看出历史，看出坎坷，看出勇志，还看出涵养。诗写道：“大风过长江，心掀千层浪。再起万里云，浩气吞玄黄。”凡英雄都有蹉跎岁月，甚至遭遇报国无门，渺茫无望，但英雄与凡人的区别在于英雄不会止于嗟呼，不会止于“锦帐郎官醉，罗衣舞女娇”（李白《寄王汉阳》）。显然，《大风过长江》并无曹操式的君王一统天下的霸气，也无黄巢生不逢时草莽英雄的野气，更无英雄落乱颓败之后纸醉金迷的秽气，《大风过长江》温而有火，趣能见志，拟物有视，写心有情。

除此外，柳忠秧的咏友抒情古风也写得很别致，完全可以读出诗人“历经沧桑倍重情”的精神境界。比如《君子常怀千年忧——诗歌岳阳南湖藏书楼主余三定》：“洞庭波涌酒和泪，潇湘愁说古与今。梦里最爱岳阳城，南湖冬雪满天新。君子常怀千年忧，名士最重一世情。范翁楼记滕子京，柳郎诗歌余三定。”用典得当，相知希贵，没有“兴幽松雪见，心苦砚冰知”（李洞《感知上刑部郑侍郎》）的人世感悟和志同道合，恐怕难写此句。在《冰雪严冬问四海友人》《遥寄荆州桃花村》等诗篇中咏友掏心，抒情怀义，比比皆是，诚挚之情，寓于句中，溢于诗外。

古风诗是个好品种，可陶冶情操，提升气质，宣示情感，展现美德。时下人心越来越浮躁，读读诗，用用典，试古风，调气运，对贪婪之人是“一声啼鸟禁门静，满地落花春日长”，对欲望之人是“碑已无文字，人犹敬子孙”，对孤独之人则是“人分千里外，兴在一杯中”。柳忠秧写诗写出了人格，更换了精神，应该是写诗者追溯的一条路。

目录

附录一

附录二

柳忠秧的诗歌中蕴含深厚的学养和丰厚的人文精神。其诗歌一如其人，至情至性，大开大合，大气磅礴；传承中国传统诗歌的神韵，有儒家的担当，有道家的潇洒，有诗经的淳朴与真诚，有汉赋的铺排与华丽，有楚辞的热烈与奔放，有魏晋名士诗歌的自我与放浪，有盛唐诗人的格局与气象，有宋代苏辛词派的雄浑与奔放。读之，荡气回肠，空谷传响，声韵悠长，弥漫着某种宿命的孤独和悲怆。

楚黄云深书院辛卯秋祭孔圣辞[1]

煌煌大楚，昭昭荣光。
颂我先祖，源远流长。
高阳苗裔，宏脉流淌。
鬻子[2]贤哲，佐辅周王。
辉耀四海，华照九苍。

圣哉孔子，天纵无上。
万世师表，儒泽无疆。
思而不殆，学而不罔。[3]
匹夫弘志，君子坦荡。[4]
天下归仁，寰宇平昌。

释义

[1] 楚黄，地名，大体上是历史上湖北黄州府所辖地域。云深书院，位于武汉，建于2005年。建成后，举行了一系列儒学讲习和研讨活动，成为国内外儒学同道交流的场所。2011年9月，云深书院举行秋季祭孔大典。诗人柳忠秧作为云深书院山长，主持了这次祭孔。 [2] 鬻（yù）子：即鬻熊，姓芈，名熊。鬻熊曾辅佐周文王。楚人以鬻熊为始祖。 [3] 语出《论语》："子曰：'学而不思则罔，思而不学则殆。'" [4] 语出《论语》："子曰：'君子坦荡荡，小人长戚戚。'"

仁哉孔子，爱泽八荒。

忠恕孝悌，德行厚广。

中庸之道，调和阴阳。

克己复礼，[1]纲举目张。

智信义勇，浩浩汤汤。

紫圣东来，巡游西方。

万载斯文，天相楚黄。[2]

邾邑[1]旧州，人文盛邦。

教开道脉，地留辙香。

千秋多士，薪火传扬。

释义

[1] 语出《论语》：“颜渊问仁。子曰：‘克己复礼为仁。一日克己复礼，天下归仁焉！为仁由己，而由人乎哉？’” [2] 语出问津书院的楹联：“天相楚黄，万古斯文开道脉；地留辙迹，千秋多士接薪传。” [3] 邾邑：现在武汉市新洲区所在地的古称。战国末期，楚宣王灭邾国，随后又将邾国国君及部分人民迁于楚国腹地，建立了一个新的城市，命名为邾城。秦时在邾城设立了邾邑。

问津千年[1]，云深[2]新创。

惟楚有材，斯郡不让。

杜牧诗临，朱子开讲。

慎终追远，布德崇尚。

春风化雨，善哉洋洋。

朱子讲，天不生仲尼，万古如长夜。[3]

柳生[4]曰，人不学儒教，五心俱惶惶。

吾辈尊孔，无限景仰。

借此秋阳，咸集少长。

虔躬敬祭，伏惟尚飨。

释义

[1] 问津千年：问津书院坐落于武汉市新洲区。书院始建于西汉年间，距今有上千年历史。问津书院是古代孕育鄂东文人的摇篮，自宋至清，书院共产生进士 387 名，亦是一时一地之盛。 [2] 云深：云深书院。 [3] 朱子，即朱熹。《朱子语类》卷九三：“‘天不生仲尼，万古长如夜。’唐子西尝于一邮亭梁间见此语。”这句话是朱熹所转述唐庚所见的宋代无名文人的题壁诗。仲尼，即孔子。 [4] 柳生：诗人柳忠秧的自谓。

中秋月祭

登高山兮眺远海，

望苍茫兮觅故人。

颂黄老[1]兮祭宗庙，

吻大地兮哭先灵。

度劫波兮亲兄弟，

泯恩仇兮扫浮萍。

吟大河兮悲凉野，

追九天兮忆君神。

泪长江兮浴秋雨，

慰华夏兮叩娘亲。

释义

[1] 黄老：“黄”，指传说中的黄帝；“老”，指道家学派的创始人老子。后来“黄老”一词也指黄老学说。

维新命兮怀旧邦，[1]

捧故土兮啜落英。

祀昭烈兮歌雄杰，[2]

斧金石兮开精诚。

捭五界兮阖万众，

溯千年兮思古今。

排心涛兮抒壮怀，

观汪洋兮仰昆仑。

痛柔肠兮苦衷情，

秉宏道兮求纯真。

释义

[1] 语出《诗经·大雅·文王》：“文王在上，於昭于天。周虽旧邦，其命维新。” [2] 昭烈，为显赫、显著之义。此句指祭祀楚国历史上的先贤、先烈。

礼八荒兮融九派[1]，

义寰宇兮薄天云。

耻腐恶兮怜庸丑，

燃炽烈兮起沉沦。

忧天下兮愤百俗，

凛正气兮耀星辰。

善四方兮德微小，

穷时节兮守坚贞。

裂忠魂兮赤肝胆，

磅高风兮礴壮行。

释义

[1] 九派：长江到湖北、江西一带有九条支流，被称为长江九派，后也用九派泛指长江。

贯日月兮浩碧空，

洒热血兮垂丹青[1]。

慷春涛兮慨夏潮，

纳海天兮定澄明。

哀秋水兮泣秋殇，

孤愁月兮同孤心。[2]

释义

[1] 丹青：本指一种画画的原料。后来“丹青”一词也指史册。 [2] 本诗题含“月祭”，最后一句点题。“孤愁月兮同孤心”写出了诗人内心的孤寂，这在诗人的很多作品中都有体现。

诗贺黄冈中学河源分校

煌煌大楚，昭昭荣光。

孔圣东来，巡游蕲黄。

万世师表，儒泽无疆。

教开道脉，地留辙香。

千秋多士，薪火传扬。

问津千年，黄高[1]继昌。

唯楚有材，斯郡不让。

杜牧诗临，朱子开讲。

东坡吟赋，布德崇尚。

春风化雨，善哉洋洋。

释义

[1] 黄高：黄冈中学的别称。

天下好学，学在黄冈[1]。

黄州[2]河源，源远流长。

古城龙郡，人文雄邦。

花开两地，才临八方。

文教昌盛，盛我黄冈。

释义

[1] 黄冈：黄冈中学。 [2] 黄州：在诗中指今黄冈市。

孤柳篇

人出大狂楚，
心有雄血流。
蛮霸[1]耀荆湘[2]，
宏脉滋沃土。
豪侠照万里，
英武定疆图。
不屑小家羁，
只为大爱游。
笑傲临皇宇，
粪土万户侯。[3]

释义

[1] 蛮霸：楚人的性格既蛮且霸。 [2] 荆湘：长江中游以江汉及洞庭湖平原为中心的地区，包括现在湖北省中南部、湖南省中北部。 [3] 本句化用毛泽东《沁园春·长沙》：“指点江山，激扬文字，粪土当年万户侯。”

呼朋引友类，
吾乐天地愁。
醉饮江湖月，
情留百芳洲。
剑指五岳高，
霜吟风雨稠。
宽怀向茫海，
铁骨浸温柔。
思绪穿亘古，
灵光越千俦。

昼颂南国潮，

夜倾神北斗。

东跨蓬莱阁，

西拜三江头[1]。

昆仑蕴我泽，

云梦[2]藏野柳。

肝胆照君山，

魂牵巴陵秋。

泪洒洞庭湖，

气吞岳阳楼。

释义

[1] 三江头：三江的源头。 [2] 云梦：云梦泽。

仙游骑黄鹤，

瑶台[1]拥红袖[2]。

醒驾滕王阁，

日追云水收。

马叩鬼魔惊，

力盖重关抖。

鞭挥河宇靖，

波扬洪涛吼。

歌答九州春，

诗赋千年忧。

释义

[1] 瑶台：神仙的居处。 [2] 红袖：语出“红袖添香”的典故。

无言听天籁，

有悲透胸畴。

相问生与死，

孤柳独风流。

辛卯[1]元宵节游岳麓书院感怀

举世浮华一隅清，

满城喧嚣岳麓静。

千年渊哲[2]载宏道，

百世芳魂隐仙林。

朱张渡[3]前心不古，

程门[4]雪中人有病。

恸哭屈翁枉投江，

再哭周子[5]孤莲身。

释义

[1] 辛卯：2011年。 [2] 渊哲：大哲。 [3] 朱张渡：湘江上岳麓书院旁边的一个渡口。南宋乾道三年（1167年），朱子从福建崇安专程来潭州造访湖湘学派代表人物张栻。岳麓与城南仅一江之隔，朱张二人经常同舟往返于湘江之中，后人为纪念两位理学大师，将此渡口命名为朱张渡。 [4] 程门：用“程门立雪”的典故。“程”是指北宋理学大师程颐。他的学生下雪天向他问学，他正在午睡，学生就在门外站着。《宋史·杨时传》：“至是，杨时见程颐于洛，时盖年四十矣。一日见颐，颐偶瞑坐，时与游酢侍立不去。颐既觉，则门外雪深一尺矣。” [5] 周子：周敦颐（1017—1073年），字茂叔，号濂溪，宋营道楼田堡（今湖南道县）人。周敦颐是北宋著名哲学家，是理学的开山鼻祖。著有《通书》《爱莲说》。

三哭船山[1]遗绝篇，

泪尽已无左胡曾[2]。

斑竹点点映朝暮，

岸草离离觅知音。

漫街横游超男女[3]，

众里难寻雄血真。

春寒料峭抚残阳，

碧波沉默暮涛轻。

释义

[1] 船山：王夫之（1619—1692年），字而农，号姜斋，别号一壶道人，晚年居衡阳之石船山，世称“船山先生”，是明末清初杰出的思想家、哲学家。[2] 左胡曾：湘军的代表人物左宗棠、胡林翼、曾国藩。[3] 超男女：超男超女，源自湖南卫视《超级女声》《快乐男声》等歌唱类娱乐选秀节目。相对于岳麓书院的厚重，诗人对较为轻浮的超男超女现象持批评态度。

半瓢浊酒成对影，

梦醒时分冷月明。

望断南湖[1]烟雨路，

痛怀巴陵[2]残秋深。

仰叹洞庭天下水，

俯听仲淹忧乐声。

英雄无觅湘江去，

挥手从兹欲断魂。

释义

[1] 南湖：由洞庭湖派生出来的自然湖泊，属国家级岳阳楼洞庭湖风景名胜区的主景区之一，总面积12平方千米。 [2] 巴陵：岳阳市。

归去皓首穷诗理，

长夜苦读圣贤经。

四海劲潮奔眼底，

八方浩荡照天青。

凛然正气穿大宇，

苍茫洪脉啸难平。

年年荆风唱离骚，

岁岁楚歌慷慨鸣。

万载玄黄[1]奏神曲，
九界凄美泣深情。
嗟呼潇湘风流国，
柳郎独醉独悲吟。

释义

[1] 玄黄：天地的颜色。玄为天色，黄为地色。《易·坤》：“夫玄黄者，天地之杂也，天玄而地黄。”

诗寄台湾友人

海峡浅浅血脉深，
昆仑黄河牵台澎[1]。
生息繁衍礼仪邦，
大好江山盼和平。
经史子集续文明，
仁爱智信[2]尊孔圣。
尧舜禹汤百世业，
九州大岳千年新。
熏风拂面吹万里，
梦中月圆泪满襟。

释义

[1] 台澎："台澎金马"的简称，包括台湾、澎湖列岛、金门、马祖列岛等。
[2] 仁爱智信：儒家的五常，即仁义礼智信。

一湾洪波东流去，

故园回首夜涛轻。

十亿儿女对黄天，

家祭何告乃翁灵。

怀殇隐痛追往事，

气振神鼓玉兔春。

断息干戈修文武，

齐御外寇卫国门。

前世共饮江河水，

今生再约读五经[1]。

释义

[1] 五经：儒家经典《诗》《书》《礼》《易》《春秋》。

桃花源里寻安乐，

阿里山[1]上唱欢心。

凝看秋菊腊梅花，

徐吟白雪枫雨情。

度尽劫波兄弟在，

普天同庆碧潮平。

相逢拥笑泯恩仇，

共慰华夏老娘亲。

释义

[1] 阿里山：著名旅游风景区，位于台湾嘉义市东 75 公里，海拔2000多米。

风雪夜悼黄曼君[1]师

千里访学[2]春风暖，

饮茶粤海[3]歌岭南。

秋枫正黄说郭曹[4]，

白雪清梅吟桂山。

潇湘赤子荆楚客，

玉树临风风骨曼。

断肠怀殇忆诗语，

浊酒祭洒铭真言。

释义

[1] 黄曼君：笔名黄毅军，华中师范大学中文系教授、博士生导师。湖南湘潭人。1956年毕业于华中师范大学中文系，后留校任教，主要研究现代文学。 [2] 千里访学：诗人从广州到武汉，师从黄曼君，做访问学者。 [3] 饮茶粤海：诗人与黄曼君在广东一边饮茶，一边谈诗论文。 [4] 郭曹：现代文学大家郭沫若与曹禺。

天堂有泪哭不得，

人间无师不心欢。

有师一人心天阔，

无君百年终为憾。

痛兮痛兮东湖[1]悲，

魂兮归来江城[2]潸。

落花流水人去也，

天堂人间情何堪。

释义

[1] 东湖：武汉的东湖。 [2] 江城：临江的城市。此处的江城指今武汉市。

故园秋骚[1]

朗朗乾坤云天好，
浩浩秋风气节高。
五千年来日月明，
八万里去英雄骚。
大河蔚蓝长江碧，
酹酒浅唱逐浪高。
一寸疾风知劲草[2]，
百世兴亡竞折腰。
晚来枫岚入画图，
野草残阳依山照。

释义

[1] 秋骚：秋天写的骚体诗歌。 [2] 疾风知劲草：语出《旧唐书·萧瑀传》“（太宗）赐瑀诗曰：‘疾风知劲草，板荡识诚臣’”。

我欲凌波踏浪去，
诗狂何须红尘扰。
我欲踏浪放歌行，
吟得孤篇饮海涛。
我欲放歌向天笑，
化作凤鸟火中烧。
我欲骑鹤归去也，
自君天下巡九霄。

无题三首

——偕余三定教授春游岳阳楼、君山题赋

（一）

梦里骑鹤寻天蛟，
玉树琼花帝妃娆。
春风一夜香百里，
银针[1]万树涌碧涛。
青螺[2]浅唱君山美，
斑竹[3]泪吟三月潮。
洞庭再起千堆雪，
柳郎箫歌风云高。

释义

[1] 银针：洞庭湖君山的特产银针茶，其形细如针。 [2] 青螺：语出刘禹锡《望洞庭》："遥望洞庭山水翠，白银盘里一青螺"。 [3] 斑竹：也叫湘妃竹，是一种茎上有紫褐色斑点的竹子。晋张华《博物志》载："尧之二女，舜之二妃，曰湘夫人，帝崩，二妃啼，以涕挥竹，竹尽斑。"

（二）

千里再访楚故人，

满城春涛夜来轻。

人间三月芳菲涌，[1]

巴陵[2]春色一湖澄。

再观洞庭天下水，

骚客[3]归兮有老病。

重上岳阳天下楼，

万家忧乐泪满襟。

释义

[1] 语出唐白居易《大林寺桃花》："人间四月芳菲尽，山寺桃花始盛开。" [2] 巴陵：岳阳的古称。 [3] 骚客：这应是诗人柳忠秧自谓。柳忠秧的诗，深受屈原等楚辞大家的影响，追步"骚体"，常自称"骚客"。

（三）

巴陵城畔登高台，
洞庭春深听天籁。
雄楼偕观千帆过，
君山同看风云开。
南湖烟雨品真书，
潇湘夜上诗酒来。
人生四十知己少，
但与余兄抒壮怀。

君子常怀千年忧

——诗歌岳阳南湖藏书楼主余三定

洞庭波涌酒和泪，

潇湘愁说古与今。

梦里最爱岳阳城，

南湖冬雪满天新。

君子常怀千年忧，

名士最重一世情。

范翁楼记滕子京，[1]

柳郎诗歌余三定。

释义

[1] 范仲淹《岳阳楼记》是应好友巴陵郡太守滕子京之请写的。滕宗谅（990—1047年），字子京，北宋时河南洛阳人。大中祥符八年（1015年）滕子京与范仲淹中同科进士。庆历四年春（1044年），滕子京被贬岳州巴陵郡，这才有了重修岳阳楼之事。

但看沧海万重叠

——岳阳楼雪夜吟

寒凝冰雨幕如铁，
焚琴煮酒弦音绝。
醉吟长岛动地诗，
心暖洞庭连天雪。[1]
征马萧萧[2]酹大江，
血气殷殷照青节。
莫说百折千回痛，
但看沧海万重叠。

释义

[1] 化用了毛泽东《七律·答友人》：“洞庭波涌连天雪，长岛人歌动地诗。”
[2] 征马萧萧：语出杜甫《兵车行》“车辚辚，马萧萧，行人弓箭各在腰”。

岳阳楼醉

荻海秋波[1]君山[2]钟，
万家灯火百里红。
长叹今古迁骚客[3]，
漫说忧乐仲淹翁。
把酒痛饮知音少，
换盏相怜灵犀通。
人间纵有情千种，
不及洞庭一夜风。

释义

[1] 荻海秋波：芦荻成片，清风吹过仿佛带起一片波浪。 [2] 君山：古称洞庭山、湘山，在洞庭湖中，与岳阳楼遥遥相对。 [3] 迁骚客：迁客骚人，指一些官场被贬的士人，或失意的满腹牢骚的文人。

暮登岳阳楼

日暮晚烟收，
波平锦鲤游。
软风吹苇草，
神曲荡莲舟。
未解江中鹘，
相随海上鸥。
洞庭湖水外，
不只岳阳楼。

孤柳独爱洞庭雪

——重登岳阳楼

半世风云一怀痛，
多情只为岳阳钟[1]。
万里明月波千顷，
奈何秋涛愁我胸。
心登雄楼瞰天下，
人悲星河碧潮涌。
孤柳独爱洞庭雪，
愿守君山百年松。

释义

[1] 岳阳钟：诗人钟情于岳阳。

怀甫亭[1]前伤杜圣

岳阳三月芳菲起，
南湖烟波引我痴。
此生唯求大律美[2]，
愧对多情爱太迟。
再登雄楼吊范翁，
又见狂草缅润之[3]。
怀甫亭前伤杜圣，
人间春来已无诗。

释义

[1] 怀甫亭：建于 1962 年，坐落于岳阳楼院内临湖五坪台，为怀念杜甫而建，现为岳阳楼的一处景观。 [2] 大律美：杜甫擅长格律诗，故曰“大律美”。 [3] 润之：毛泽东。

诗寄岳阳新锐批评家论坛

新锐老成为文筹，
说理批诗论兜鍪。
湘君湘泉情意盛，
秋水秋烟起风流。
秋风秋雨秋正好，
诗人诗意平添愁。
但借南湖一湾酒，
今生沉醉岳阳楼。

祭屈原

梦回故国情依旧，
楚山洞庭泪长流。
屈子行吟路漫远，
我自纵横我自游。
心系家国多少事，
人到中年总有愁。
君子常怀千岁忧，[1]
沉思秋风秋雨后。

释义

[1] 本句化用《古诗十九首》（其十五）：“生年不满百，常怀千岁忧。”

共哭天地一屈原

晨风低徊汨水寒，
离骚吟来总孤单。
向死而生唱九歌[1]，
香草美人[2]伴君潜。
灵去神坛路仍险，
诗迴峡江魂不散。
再起楚辞春愁赋，
共哭天地一屈原。

释义

[1] 九歌：原为传说中的一种远古歌曲的名称。《楚辞》的《九歌》是屈原据民间祭神乐歌重新加工而成的，共11篇，包括《东皇太一》《云中君》《湘君》《湘夫人》《大司命》《少司命》等。 [2] 香草美人：这是屈原《离骚》的一种比喻象征的体系。汉王逸《离骚经序》："《离骚》之文，依《诗》取兴，引类譬谕，故善鸟香草，以配忠贞；恶禽臭物，以比谗佞；灵修美人，以媲于君。"

读屈原

南天倾柱楚倾梁，

长剑迎风哭国殇[1]。

峨冠徐来人不朽，

大江东去恨难亡。

左徒[2]决绝含悲死，

精魄留连抱地香。

一读楚辞双眼湿，

百年莫再说秦皇。

释义

[1] 国殇：原为屈原《九歌》中的篇名。后来该词的含义也扩大为指国家的灾难。

[2] 左徒：楚国官名，屈原曾任楚怀王左徒，故此处以左徒代指屈原。

剑兰孤孑濯沧浪

——怀屈子

剑兰孤孑濯沧浪，

落蕊长怀嫩菊香。

芳草飘零琼佩陨，

嘉禾[1]落魄露珠凉。

千秋青史凭谁问，

一世英名冠楚狂。

泪尽汨罗魂尚在，

世人皆醉我彷徨。

释义

[1] 嘉禾：异苗同穗或一茎多穗的禾，古人认为这是吉兆。《尚书·微子之命》："唐叔得禾，异亩同颖，献诸天子。王命唐叔，归周公于东，作《归禾》。周公既得命禾，旅天子之命，作《嘉禾》。"

四十自画

身心只许汉与唐，
善使风骨著文章。
出自楚泽擎天勇，
醉爱太白动地狂。
把酒纵横千万里，
百无一用徒悲伤。[1]
人间或有真君子，
世无孤品柳忠秧。

释义

[1] 本句化用古语“百无一用是书生”。

歌世博广东馆

——柳忠秧《岭南歌》上海世博广东馆发布活动上即兴

浦江秋涛五岭花，

木棉沉香忆春华。

扬子珠水云山接，

雅韵碧涛暖千家。

万国博览长天美，

绝世风情人文佳。

柳郎沪上歌一曲，

百越芳菲动海涯。

大风

日月流转血正浓，
胸涌碧波祭屈公。
金瓯[1]已缺终难补，
九死报国济世穷。
人生百难何足惧？
征途千险一扫空。
昂首万里荆棘路，
阔步高歌唱大风。

释义

[1] 金瓯：一种金制的盆盂，后被用于比喻国土疆域。唐司空图《南北史感遇十首》之五：“兵围梁殿金瓯破，火发陈宫玉树摧。” 毛泽东《清平乐·蒋桂战争》：“收拾金瓯一片，分田分地真忙。”

酿段诗歌入酒中

花落花开岁月匆，
孤行四海月朦胧。
半生双鬓斑斑发，
四十三年漠漠风。
忆昔英雄曾缚虎[1]，
而今笔墨也涂虫。
又逢佳节情依旧，
酿段诗歌入酒中。

释义

[1] 缚虎：捆住猛虎，比喻征服极难征服之人。

香山秋兴

闻道[1]香山[2]古意浓，
高天爽气醉诗胸。
花枝招展城中客，
筋骨舒张壁上松。
万里扶摇飞镜月[3]，
三江浪漫戏鱼龙。
人生若念秋光好，
便胜春天一百重。

释义

[1] 闻道：听说。 [2] 香山：位于北京西郊。 [3] 飞镜月：化用李白《梦游天姥吟留别》“我欲因之梦吴越，一夜飞度镜湖月”。

梦登香山

名园闻已久，

到老未曾游。[1]

红叶题诗后，

黄栌[2]布境幽。

何当三入梦，

来此一登楼。

了却君王事，

旋将万户谋。

释义

[1] 本句作者自喻岁月蹉跎心已老，故有“到老”一说。 [2] 黄栌：一种观赏红叶树种，叶片秋季变红，北京香山红叶就是黄栌树叶。

追故乡

梦中黄鹤几徜徉，
策马行吟追故乡。
万里江山云外雁，
半壶浊酒鬓边霜。
天涯人在思芳草，
月下诗堪哭断肠。
试把心情和露酿，
楚歌[1]一曲听忠秧。

释义

[1] 楚歌：原是泛指楚国的歌曲。此处指诗人所创作的大型楚文化史诗《楚歌》。

大风歌

举杯邀月[1]说苍黄[2]，
慷慨悲歌敢担当。
故事曾经淘项羽，
大风依旧唱刘邦。
夏虫如有三冬气，
王八何来一夕狂。
家国千年无限好，
河山万里碧波扬。

释义

[1] 举杯邀月：语出李白《月下独酌四首·其一》："花间一壶酒，独酌无相亲"。 [2] 苍黄：天苍地黄，借指天地。毛泽东《七律·人民解放军占领南京》："钟山风雨起苍黄，百万雄师过大江。"

感怀

为留诗眼看千年，

万里寻思绿野间。

常立城楼邀汉月，

每回梦境越秦关[1]。

半生屈子徒伤世，

一部离骚欲问天。

朔雪边云皆历遍，

惊人曲就对谁弹！

释义

[1] 秦关：位于今洛川县秦关乡，是中国历史上著名的要塞。明清时期流传下来的一副对联："有志者事竟成，破釜沉舟，百二秦关终属楚；苦心人天不负，卧薪尝胆，三千越甲可吞吴。"

万里乡愁万里船

岭南[1]秋水起波澜，

夜色珠江意兴酣。

岁岁年年人易老，

年年岁岁梦难圆。[2]

一轮明月一轮镜，

万里乡愁万里船。

且共天涯惆怅客，

今宵把酒醉婵娟。

释义

[1] 岭南：地理意义上的岭南，主要指中国南方大庾岭等五岭以南的地区，包括现在的广东、广西、海南等地。此处指诗人所在的广州。 [2] 本句化用唐刘希夷《代悲白头翁》："年年岁岁花相似，岁岁年年人不同。"

九州恸哭悼英雄

华夏同悲大地崩，
敢问上苍不动容。
逝者此去云水碎，
我辈当奋擎天勇。
亿万心灵共洗礼，
热泪更兼雨和风。
生死同赴春秋义[1]，
九州恸哭悼英雄。

释义

[1] 春秋义：春秋大义。

常思千年国与家

——举国迎战汶川特大地震灾害有感

常思千年国与家，
江河不息热泪洒。
灾连祸接风雨急，
骨肉分离别天涯。
伟哉百族薪火旺，
日月盛开七彩花。
多难从来可兴邦，
铁肩道义担吾华[1]。

释义

[1] 吾华：吾中华。朱德悼左权，有诗句：“名将以身殉国家，愿拼热血卫吾华。”

壮士一别赴汶川

——遥赠慈善家、民办教育家惠山兄

壮士一别赴汶川，

救死扶伤济苍黄。

与尔相识秋风暖，

而今共嘘同胞寒。

为兄苦战废墟里，

愚弟挥诗慰君怀。

把酒抗灾凯旋日，

携手放歌登高台。

江山任我行

风雨兼程取一经，[1]
岁月蹉跎愧丹心。
春潮又起君已去，
不负年华负真情。
儿女哪知英雄泪，
壮士何惜百年身。
此生迈步从头越，[2]
万里江山任我行。

释义

[1] 文天祥《过零丁洋》有："辛苦遭逢起一经，干戈寥落四周星。" [2] 化用毛泽东《忆秦娥·娄山关》"雄关漫道真如铁，而今迈步从头越"。

心涛叠浪与君随

——为迎战冰雪灾害[1]而作兼怀抗灾前线诸友

冰雪连天盼春归，
千山万水人欲回。
绿草低问君可好？
心涛叠浪与君随。
漫道此生崎岖路，
江山如画终不悔。
把酒深情遥相祝，
海角天涯共春晖。

释义

[1] 冰雪灾害：2008年中国南方特大雪灾。

但愿中秋早还家

踏遍千山寻百花，
春声秋色海无涯。
胸涛茫茫高万丈，
回首不堪好年华。
家拥妻女绝代骄，
心有娘亲比天大。
此生何须富与贵，
但愿中秋早还家。

醉邀曹孟德

烈士[1]千年悲更壮，
知音独有孤柳郎。
横槊赋诗宴长江，
扬鞭定海真君王。
风流尽在情与酒，
英武源出气雄狂。
尽扫中原小匹夫，
豪放天下大文章。

释义

[1] 烈士：在本诗中指志向远大的英雄，而不是为正义事业而牺牲的人。见曹操《龟虽寿》：“烈士暮年，壮心不已。”

遥赠宦海神交

宦海沉重江湖轻，
我本荆楚草狂人。
闻君性情真君子，
未曾谋面已倾心。[1]
冬去春来岁月老，
文章千古壮此行。
万里再饮雄黄酒，
与君同说张居正。

释义

[1] 本句化用“一见倾心”的成语，写出了与友人神交多时的感受。

青海情

畅行西域九重天，
昆仑山[1]上有神仙。
三江同源[2]共哺育，
各族生息好繁衍。
青湖[3]蔚蓝醉肝胆，
碧海深情千万年。
劝君更进一杯酒，
古道热肠人不眠。

释义

[1] 昆仑山：西起帕米尔高原，山脉全长约2500公里，平均海拔6000米，地跨青海、四川、新疆和西藏，最高峰位于新疆。在古代神话中，昆仑山是神仙之地，西王母就住在昆仑山。 [2] 三江同源：长江、黄河、澜沧江等河流的源头都位于青海。 [3] 青湖：青海湖。

冬征

长风依旧血在烧，
壮士高歌酒一瓢。
寒凝大地心涛急，
烈火春雷劈海潮。
仰天长啸踏浪去，[1]
万丈豪情驾云桥。
再驱千里赤兔马[2]，
引弓追日射大雕。

释义

[1] 本句化用李白《南陵别儿童入京》：“仰天大笑出门去，我辈岂是蓬蒿人。”
[2] 赤兔马：吕布的坐骑，是一匹宝马。《三国志·魏志·吕布传》：“布有良马名曰赤兔。”

春归

天地惶然金融危[1]，

冬雨期盼燕子回。

日月竟逐冰雪去，

壮士独行大风吹。

万顷碧波起豪情，

一声断喝开云水。

千军横扫严寒尽，

百花扬眉迎春归。

释义

[1] 金融危：2008年爆发的金融危机。

炉火赋春

冰雨相急雪花开，
人在天涯家在怀。
炮竹霹雳扫旧事，
美酒香催奏凯旋。
放声高歌龙年[1]好，
漫道前路千万难。
寒夜漫长炉火旺，
心有温暖春自来。

释义

[1] 龙年：2012年。

桂子山[1]畅怀

桂子山上仙花香，
百年醇厚透心肠。
秋风暖月情无限，
梧桐低唱满地黄。
我自归来我自痴，
一夜沉醉千年长。
前世最爱诗与酒，
今生只为桂花狂。

释义

[1] 桂子山：占地2000多亩，位于武汉华中师范大学校园内，以满山的桂花树而闻名。每年九月，桂花开遍，满园桂香。

北京春天赋

冷雪秋花次第欢，
野火清风去复还。
漫天流星北斗暗，
长虹贯日乾坤宽。
千行热泪滋碧草，
两肩赤血挽狂澜。
洪波涌起云涛暖，
一城浩气好春天。

万古雄黄唱楚歌[1]

人生百难缘报国，
梦里千回起洪波。
春风一去二十年，
阴雪淫雨岁月蹉。
仰面长啸苍天动，
金戈铁马踏冰河。
一寸韶光一行泪，
万古雄黄唱楚歌。

释义

[1] 楚歌：指诗人创作的大型楚文化史诗《楚歌》。

人在天涯思乡草

年年春声遣残冬，
桃花依旧百里红。
人在天涯思乡草，
四海共此一炉融。
漫追风物说往事，
劲鼓豪气迎新彤。
浓情长泻千湖月，
暖流轻抚万城钟[1]。

释义

[1] 万城钟：全国各地庆祝新年的钟声。

醉思

——2010年中秋感怀

珠水[1]碧翠南国香，

又是一年秋叶黄。

左徒归去江山老，

遗恨千载岁月怆。

多少忧愁杯酒去，

狂饮豪情夜未央[2]。

天上人间追嫦娥，

英雄沉醉思故乡。

释义

[1] 珠水：珠江。 [2] 夜未央：夜未过半。语出《诗·小雅·庭燎》：“夜如何其？夜未央。”

怀乡

美酒茗茶醉心房，

春秋流韵真情芳。

林公[1]论道说禅意，

周师[2]解析辩惑惶。

云山诗意珠水暖，

粤海歌声五岭香。

年年南国荔枝红，

岁岁中秋怀故乡。

释义

[1] 林公：尊称，诗人的一位友人。 [2] 周师：尊称，诗人的一位朋友。

醉梦

醉卧冬阳夕照懒，

病树万年枯藤蔓。

终岁未见江南雨，

望断长天看远山。

忽梦鼙鼓动地来[1]，

艳云丽日彩虹穿。

一缕春风千尺浪，

二月雪涛洪潮翻。

释义

[1] 鼙鼓动地来：语出白居易《长恨歌》“渔阳鼙鼓动地来”。

羊城诗赋东湖王师兄[1]

人说王兄真性情，
堪胜伯牙赛子期。
相见恨晚爱梅花，
信步东湖听玉笛。
行吟阁[2]上叹离骚，
楚王城[3]畔杨柳依。
白云山下且把酒，
相约碧波寻天机。

释义

[1] 羊城，广州。诗人身在广州，给武汉的王师兄赋诗。 [2] 行吟阁：位于武汉市东湖西北岸的小岛上，于 1955 年兴建，取《楚辞·渔父》中屈原“行吟泽畔”之意命名。阁中有郭沫若手书“行吟阁”匾额，阁前有屈原的塑像。 [3] 楚王城：国家级风景名胜区武汉东湖内的一组仿古建筑。

病中吟

又是一年病且忧，

世人嚣乐[1]我独愁。

江有遗恨山有泪，

树迎孤寒草迎瘦。

大道寂寥宵小[2]喧，

日月沉醉风雨绸。

严冬不尽春何在，

心映炉火涌暖流。

释义

[1] 世人嚣乐：世人喧嚣与嬉乐。 [2] 宵小：小人。

日月映春秋

日照故国五千岁[1]，
月映共和六十年。[2]
春秋滋养好儿女，
大道壮行风雨绵。
一方龙脉衍万里，
遍地沃野绿桑田。
雄邦莫鼓旧世勇，
请提血气开新篇。

释义

[1] 五千岁：中华民族有五千多年的文明历史。 [2] 共和，指中华人民共和国。2009年是中华人民共和国成立60周年，正好一甲子。

秋山秋水情最浓

昨夜秋雨今秋风，

秋气高凉醉雨蒙。

心意陶陶乐云天，

筋骨展展追苍龙。

扶摇万里飞江河，

琴歌一曲暖寒宫。

四季唯有秋日好，

秋山秋水情最浓。

游南京明故宫

常念家国兴与衰，
百年多病总关怀。
寂寂古宫褐草败，
攘攘长街豪奢来。
累累声色犬马喧，
哀哀凄惶乌雀徊。
胸郁君子千年忧，
万古悲秋独登台。

东风年年爱益阳

梦里寻君诉衷肠，
青春作伴唱熊湘[1]。
资水悠悠流情意，
丹心拳拳照柳郎。
赤山岛上多神奇，
美人窝里尽诗芳。
桃江夜夜花枝展，
东风年年爱益阳。

释义

[1] 熊湘：《史江·黄帝本纪》有“南至于江，登熊湘”。

伤春

百年熙风未曾来，
千载铁树花不再。
梦里长江少年郎[1]，
行吟岭南满头白。[2]
豪饮热泪写悲诗，
醉卧山河伤天籁。
一声断喝哭云水，
万重春涛二月开。

释义

[1] 少年郎：诗人自己。 [2] 诗人自青年时期就来到广东，从青年到壮年，以至白头。

百万雄诗跨海江[1]

大泽龙蛇卷赤黄，

百万雄诗跨海江。

一怀东风吹碧野，

千杯豪饮唱霸王。

横看云霞起壮色，

纵观青史道沧桑。

醉吟楚曲思汉水，

静听春潮梦故乡。

释义

[1] 本句意谓自己的诗可以跨江倒海。

长风酹大江

岁月沉沉忆苍茫，
长风猎猎酹大江。
万劫不复心未死，
百折不挠笔作枪。
春蚕吐丝丝不尽，[1]
精卫填海血气刚。
莫道前路云天暗，
还看远山好曦光。

释义

[1] 本句化用李商隐《无题》“春蚕到死丝方尽”。

海南岛送尹、李[1]诸公

衔命督察波自清，
碧海蓝天宇澄明。
二十三年旗不倒，
红泉依旧气象新。
一江秋水奔流去，
五公屹立照后生。
把酒起舞青蘋醉，
五指山川人有情。

释义

[1] 尹、李：诗人友人。

诗赋羊城新八景

此生逍遥漫步行，
遍游山水访天庭。
西子莫如珠江美，
瑶池不敌岭南春。
昼明夜媚百花娇，
万紫千红碧潮深。
与君把酒乘白云，
醉看羊城新八景。

挥别秋夜

秋光融融漫天河，
熏风阵阵柔情多。
谭君[1]暨南播诗火，
柳郎明湖踏楚歌。
宏词美韵传文道，
骚酒热肠燃胸波。
吟得心曲醉肝胆，
驾起祥云穿金梭。

释义

[1] 谭君：诗人友人。

遥想当年意气巍

——赠春平[1]先生

遥想当年意气巍，
春潮诗酒马蹄催。
岁月无情人易老，
江山有义爱相随。
钩沉辑古求真相，
摹拓考研传芳菲。
书生半世弘文道，
拾遗补缺定丰碑。

释义

[1] 春平：诗人友人。

诗醉松山湖

山河情动诗忧愁，

心涛寂寞人空瘦。

黄钟毁弃天地哀，

东江潮起待从头。

把酒长吟醉肝胆，

擒笔壮写岭南秋。

苍龙如海残阳血，

青春意气最风流。

春风沉醉爱惠州

弦歌清扬酒旗翻，

诗热桃红鹅城酣。

春风又写真情意，

浓潮再起梦阑干。

此生常牵惠君手，

经年抚看不孤单。

天上人间我最爱，

西湖东江罗浮山。

诗赋河源

春潮一夜漫天真，
东江聚浪会群英。
楼台观景商大计，
把酒临风醉碧魂。
千言难说古邑美，
万绿总关客家情。
人间已无芳菲地，
我心只向河源城。

魂向东湖睡美人

柳郎仙游醉江城，
行吟阁上听天音。
何家玉笛吹春雨。
五月梅花落芳心。
大川历历碧潮急，
芳草萋萋风烟鸣。
黄鹤楼下洪波起，
白云端里紫气生。
瑶池作别俏西子，
魂向东湖睡美人。

更起碧潮心涛劲
——寄春

海角天涯波澜轻，
大道喧嚣孤旅行。
玉兔独照知音少，
寒流高吹夜更深。
莫叹二月风雨多，
更起碧潮心涛劲。
且看雪草漫山绿，
千里冰封万重春。

春涛夜来元日红

——新春醉吟

寒凝万里雪草动，
春涛夜来元日[1]红。
细数珠水渔舟白，
遥看远海心帆彤。
漫说千载家国事，
醉听城西[2]祈年钟[3]。
轻吟浅唱岭南好，
高歌击节大潮风。

释义

[1] 元日：农历正月初一，即春节。 [2] 城西：广州城西。 [3] 祈年钟：庆祝新年的钟声。

梦怀群山壮更美

——新春赋

冬严云冷寒月蹉，
雪卷冰封凝江河。
年年佳节酒肉盛，
片片赤诚无人说。
梦怀群山壮更美，
剑指雄日慷慨多。
春潮不起沧海泪，
于无声处大风歌。

北国江南迎新季

——长沙赋新年

时序长流大河青，

风雨常伴岁月行。

白雪轻来寒夜暖，

浊酒高唱忧乐吟。

北国江南迎新季，

山野江湖忆旧人。

漫看浮云抒胸臆，

玉壶冰洁伴诗心。

桃江潋滟水色娇
——元宵诗寄

桃江潋滟水色娇，
社鼓鱼龙闹元宵。
千村爆竹烟火腾，
百里乡邦喜气高。
把酒欢饮豪情爽，
推杯笑迎花灯飘。
柳郎琴诗歌一曲，
夜送春风祝君好。

丽日香江庆岁红

——新春祝辞

北国瑞雪岭南风，

丽日香江庆岁红。

广厦万间兴粤海，

笑颜绽放听年钟。

一城风絮催百花，

千般柔情醉暖胸。

已揽今朝银仙月，

更看明春起新彤。

时序昂首新覆旧

——2012新年诗寄

（一）

北国西海雪寒冬，
岭南木棉依然红。
时序昂首新覆旧，
春汛暗来浪掩钟[1]。
心有云潮起征帆，
人在天涯仰高穹。
莫道江山诗意冷，
听我今年唱东风。

释义

[1] 浪掩钟：海浪声掩盖了新年的钟声。

（二）

经年奔波红尘累，

半生蹉跎甘苦随。

落花入泥秋声去，[1]

寒意急来冬云催。

日起痛饮歌江海，

夜伏静思沉风雷。

但借明月问千里，

一片冰心[2]伴君归。

释义

[1] 本句化用龚自珍《己亥杂诗》之五："落红不是无情物，化作春泥更护花。"

[2] 一片冰心：语出王昌龄《芙蓉楼送辛渐》"洛阳亲友如相问，一片冰心在玉壶"。

三山五岳腾瑞气

——蛇年[1]新春赋

苍茫冰雪凝白沙，
一杯碧波暖天涯。
夜来酌酒煮东风，
听罢晚钟迎朝花。
三山五岳腾瑞气，
龙泽潮起报春华。
大江南北香蕊草，
金蛇狂舞千万家。

释义

[1] 蛇年：2013年。

儋州祭坡公[1]

在海南参加海峡两岸诗歌高端论坛期间敬谒东坡书院[2]。

（一）

击节豪放天地澄，

千载斯文半樽轻。

百年再读廿一史[3]，

把酒香寻十三经[4]。

从来皇恩薄更寡，

哪如儋府鱼鸟亲[5]。

莫说万代芬芳事，

醉看大海几多情。

释义

[1] 儋州市位于海南岛的西北部，濒临北部湾。苏轼曾谪居儋州三年。坡公，即苏轼。本诗是诗人在海南儋州祭祀苏东坡的作品。 [2] 东坡书院：位于海南省儋州市，是北宋时海南人民为纪念苏轼而建的，后来历代都有重修。 [3] 廿一史：明朝时，《史记》《汉书》《后汉书》《三国志》《金史》《元史》等21部正史，合称“二十一史”。此处泛指史书。 [4] 十三经：儒家的13部经书，即《易》《书》《诗》《周礼》《仪礼》《礼记》《春秋左传》《春秋公羊传》《春秋穀梁传》《论语》《孝经》《尔雅》《孟子》。清人阮元刻有《十三经注疏》。 [5] 鱼鸟亲：亲近大自然。

（二）

一贬琼州[1]路苍茫，
堆雪漫卷涌豪放[2]。
海角吟恸黄钟吕[3]，
悲声浩远接大荒。
赤壁经年红潮黯，
香韵千载气悠长。
英雄从来多寂苦，
更有坡公唱海江。

释义

[1] 一贬琼州：苏轼曾经被贬官海南。[2] 豪放：苏轼的诗词作品豪放、激昂。[3] 黄钟吕：黄钟大吕，为音律名。《国语》记载，公元前522年，周景王想铸造钟，向乐官州鸠询问有关音律问题，州鸠讲了关于律和数的关系，并列举了十二律的名称，即黄钟、大吕、太簇、夹钟、姑洗、仲吕、蕤宾、林钟、夷则、南吕、无射、应钟。

挥诗出征

（一）

策马纵行登高台，
泪别父兄向远海。
只为心中春秋梦，
但求无愧真胸怀。
力拔山兮气盖世，[1]
莫道英雄成与败。
鹰击长空[2]千万里，
大河奔流宇宙开。

释义

[1] 语出项羽《垓下歌》："力拔山兮气盖世，时不利兮骓不逝。" [2] 鹰击长空：语出毛泽东《沁园春·长沙》"鹰击长空，鱼翔浅底，万类霜天竞自由"。

（二）

芳草连天桃花涌，
艳阳初照一江红。
横立潮头唱楚歌，
傲向大海击黄钟。
征途浪急更兼雨，
此生苦难真英雄。
心映金秋血气浓，
人过重山万里风。

天诗[1]

王侯将相已去也，
英雄沉醉我独来。
再挟当年擎天勇，
煮酒放歌登高台。

释义

[1] 天诗：诗人野牛对柳忠秧诗歌的一种整体评判，其核心含义为，诗是血液里的东西，不需要学，也学不来；天诗是唯一的，他人无法模仿，诗人自己也无法复制。

大风过长江

大风过长江，

心掀千层浪。

再起万里云，

浩气吞玄黄。

十年骑鹤

何日意能平，

黄河水自清。

十年骑鹤梦，

潦倒一书生。

闲坐

千古文章事，[1]

风云过眼驰。[2]

此生聊复尔，

闲坐觅唐诗。

释义

[1] 语出杜甫《偶题》："文章千古事，得失寸心知。" [2] 诗人认为，一时的权势、一时的财富都会迅速过去，只有文学才是千古不朽之盛事。所以要忠心于文学创作。

醉·归

滔滔江海水，

一把英雄泪。

醉抱美人归，

桃花源里睡。

犹恋

世事如云乱，
高标见几家。
水流鱼不动，
犹恋那枝花。

白鸥仙乡

龙起祥云动，

风吹野草香。

白鸥飞不尽，

此处即仙乡。

醉笔沉香

山川开气象，
日月聚精华。
醉笔沉香处，
江村是我家。

心弦

往事越千年，

真情在九天。

琴台[1]遥万里，

何处弄心弦。

释义

[1] 琴台：又名伯牙台，位于汉阳龟山西麓。相传俞伯牙在此弹琴，与樵夫钟子期成为知音。后人为纪念这段佳话，就建了琴台。

饮中题

古今由我览，
放眼楚天长。
饮罢无余事，
诗书醉里香。

白云闲

山水有生意，

壶中别有天。

撇开三界事，

心似白云闲。

江边吟

天地入怀抱，

大江流古今。

清风能醉我，

世事若浮云。

红叶醉远山

把酒向天涯，

秋来鲜有花。

远山香万里，

红叶匿吾家。

祭陶公

——陶铸公诞辰100周年赋诗

心底无私天地宽，[1]

青松风格雪中观。

死生原是春秋义，

正气潇潇起巨澜。

释义

[1] 本句直接使用了陶铸的诗《赠曾志》“心底无私天地宽”。

寻梦望江

寻梦烟波意未休，
思通千载望江流。
英雄淘尽风云幻，
转眼春来转眼秋。

江山任尔裁

诗怀一旦向天开，
万里江山任尔裁。
直写心期无俗语，
从今不羡少陵[1]才。

释义

[1] 少陵：杜甫。

多情同照羁旅人

千里星河[1]千里银，

万家灯火万家亲。

多情最是中秋月，

同照天涯羁旅人。

释义

[1] 星河：银河。

冰雪严冬问四海友人

又是一年佳节到，
春风依旧枝头笑。
举杯遥问客中人，
海角天涯君可好？

梅赞

四面寒风春水急，

银河千里有灵犀。

梅花自放心空暖，

卓尔不群任笔题。

赠良师益友

岁月如梭梭越河，
长风万里起洪波。
良师益友情真切，
海角天涯和我歌。

珠江潮

扬帆四海赴七洲[1]，

革命维新[2]天道酬。

风逐云烟花怒放，

珠江踏浪竞风流。

释义

[1] 七洲：七大洲。 [2] 革命维新：近代广东人康有为、梁启超、孙中山等从事维新、革命等救国事业。

寄友人

问公得意欲何之，

整顿乾坤卸日迟。

拼我一生才与气，

每天赋尔两行诗。

对饮古梅疏

隔窗对饮古梅疏，

一室悟言犹有余。

何必桃花源里隐，

东篱西苑也宜居。

观音

抬头壁上见观音，
尊口不开似有吟。
尔辈无须长叩首，
由来修养在人心。

卢沟月

大雅崩然亦可哀，
国风雄烈几时开。
何当大吕黄钟震，
要让卢沟月醒来。

诗

从来傲骨作真姿，

谪向人间鬓已丝。

月下茶前随意拾，

横斜疏影自成诗。

野居

藤蔓牵连上野居，

三声猿啸正踌躇。

归欤忽报嘉宾至，

对饮清茶夜已舒。

淡送春秋淡作文

生涯闲散似浮云，
淡送春秋淡作文。
始解壶觞真有味，
人间万象此中闻。

一夜听更残

卧抱银蟾客影单，

芭蕉一夜听更残。

似吟竹垞[1]凄迷句，

小簟轻裘各自寒。

释义

[1] 垞（chá）：小土山。多用于地名。

冰心无染

江湖快事隐山村，
竹在园中菊在盆。
尔欲提壶来问道，
冰心无染月无痕。

故乡心

人间独此事难禁，
万里邮来白发吟。
尝过新鲜君莫弃，
红桃一片故乡心。

身浴古风

人间俯仰善如流，
海晏[1]元知[2]德润周[3]。
身浴古风吾醉也，
夜深轻倚玉壶头。

释义

[1] 海晏：海晏河清。 [2] 元知：语出陆游《示儿》“死去元知万事空”。 [3] 德润周：周德、周礼。

一盏清茶

寒夜客来风雪号，

竹家劲节勉吾曹。

何须鼎食钟鸣味，

一盏清茶胜浊醪。

莲

纤尘不染佛家花，
身上青衣脸上霞。
蝉噪声中听暮鼓，
深山远水野田蛙。

弦外音

日影纷纷月影深，

来时仗剑去提琴。

百年不弃因由我，

断续能听弦外音。

春风欲回绿草催

秋色正浓冬雁飞[1]，

春风欲回绿草催。

芳华总是无限好，

放歌喜迎新年归。

释义

[1] 冬雁飞：大雁在冬天往南飞，在春天往北飞。

元宵节赠友人

牛郎毕竟伤心客，
织女奈何温柔身。[1]
劝君惜取春宵夜，
不负年华付真情。

释义

[1] 引用牛郎织女的典故。

飞舟夺旗勇为先

——观龙舟赛即兴赋诗

飞舟夺旗勇为先，
人喧鼓响花争艳。
我辈天公齐抖擞，[1]
遍地春潮好诗篇。

释义

[1] 化用龚自珍《己亥杂诗》：“我劝天公重抖擞，不拘一格降人材。”

一夜冬雪一夜暖

酒香情浓漫京城，

醉酬知己慰平生。

一夜冬雪一夜暖[1]，

满地梨花[2]满地春。

释义

[1] 一夜暖：诗人在冬雪之夜，与友人在温暖的室内诗酒唱和，内心暖流涌动。

[2] 满地梨花：漫天雪飘，落在地上，就像梨花。

飞车迎春

八千长路云和月，[1]
半生奔波心与血。
重山已过冬日远，
万里春风伴我还。

释义

[1] 语出宋代岳飞《满江红·写怀》：“三十功名尘与土，八千里路云和月。”

春梦春情

一夜东风花自放，[1]
十里暗香入梦来。
窗含西岭千山绿，[2]
人间春情万树开。

释义

[1] 化用宋代辛弃疾的《青玉案·元夕》“东风夜放花千树”。 [2] 化用杜甫《绝句》：“窗含西岭千秋雪，门泊东吴万里船。”

迎风痛饮霸王醉[1]

天子故里寻汉光[2]，

不见君王徒自伤。

迎风痛饮霸王醉，

我自擎天我自狂。

释义

[1] 霸王醉：酒名。 [2] 汉光：汉光武帝刘秀。

汉阳晴川赏月观焰火

南望洞庭八百里，
北眺武当大岳峰[1]。
满江银花满江爱，
一夜风流一夜红。

释义

[1] 大岳峰：武当又名大岳，故大岳峰并不是实指某一座山峰，泛指武当山的群峰。

云中君[1]

百花虽开百花残，

君自盛开彩云端。

但求一夜春风暖，

愿历千年苦与寒。

释义

[1] 云中君：楚人所祭祀的云神。屈原《九歌》有《云中君》一篇。

野草·闲花

人间喧嚣蹉年华，
风轻云淡[1]归田家。
心骛八极高天暖，
坐爱野草和闲花。

释义

[1] 风轻云淡：语出程颢《春日偶成》“云淡风轻近午天”。

一天一地一本焕

——痛悼佛门泰斗本焕大师[1]

百年弘法渡万难，

普济千重只身单。

一心一钵一袈裟，

一天一地一本焕。

释义

[1] 本焕大师：俗姓张，名志山，1907年生于湖北新洲，与诗人是同乡。本焕大师1930年在新洲报恩寺出家，是禅宗之临济宗第44代传人，曾任中国佛教协会名誉会长等职，被誉为中国佛教界爱国爱教的典范。2012年4月，106岁的本焕大师在深圳弘法寺圆寂。诗人作了这首悼诗。

赋南国潮

珠水千堆雪，
新春沧浪高。
东风催绿野，
更喜南国潮。

遥寄荆州桃花村

荆州自古多烟霞，
今春尤看好桃花。
红颊芳菲映绿野，
人间天堂是我家。

国魂

（一）

洞庭波涌连天雪，[1]
汨罗水暖行吟人。
千秋情怀今犹在，
九死不悔是国魂。[2]

释义

[1] 语出毛泽东《七律·答友人》，作者此处特意原句引用。 [2] 语出屈原《离骚》：“亦余心之所善兮，虽九死其犹未悔。”

（二）

去国怀乡[1]又一春，

酹酒长歌楚故人。

上下求索路漫漫，[2]

生死担当此丹心。

释义

[1] 去国还乡：化用范仲淹《岳阳楼记》“登斯楼也，则有去国怀乡，忧谗畏讥，满目萧然，感极而悲者矣”。 [2] 本句化用屈原《离骚》：“路漫漫其修远兮，吾将上下而求索。”

春游江南三大名楼（三首）

（一）黄鹤楼怀古

茫茫九派黄鹤楼，
烟雨多情鹦鹉洲。
无限风光无限好，
万里江山万里愁。

（二）晨登滕王阁

江天一色吞吴楚，

春华千里拥洪都[1]。

滕王[2]若是今晨在，

落霞东升水倒流。

释义

[1] 洪都：南昌的古称。 [2] 滕王：唐朝的滕王李元婴。李元婴（？—684年），为唐高祖第二十二子。贞观十三年（639年），李元婴被封为滕王。永徽四年（653年），滕王在江西南昌赣江边修了一个楼阁，这就是著名的滕王阁。

（三）岳阳楼观潮

江山如画心如潮，
春潮涌起逐浪高。
沧海横流真本色，
把酒临风[1]论英豪。

释义

[1] 把酒临风：语出范仲淹《岳阳楼记》“把酒临风，其喜洋洋者矣”。

春游杭州（二首）

（一）

橹船[1]渐入水拥云[2]，

花草添香仙与神。

一池春风沐浴后，

生死都是西湖人。

释义

[1] 橹船：摇橹船，一种用橹来推进的小船。 [2] 水拥云：西湖上雾气笼罩湖面，给人云水相接之感。

（二）

银鹤[1]千里神州秀，
春风万顷天堂游。
足入杭城魂难走，
人在西湖心不愁。

释义

[1] 银鹤：诗人乘坐飞机去杭州，以银鹤喻飞机。

教师节赋（二首）

（一）

孔圣孟贤韩师[1]严，
谆谆教诲忆从前。
今宵欢聚情真切，
一座春风胜千年。

释义

[1] 韩师：诗人的导师韩震，系北京师范大学教授，山东人。

（二）

人生五十酒正香，

学海耕耘培栋梁。

春去秋来岁月老，

常忆韩师教诲长。

诗赠韩忠学先生（二首）

（一）

一生东西南北中，

忠诚博学秦韩公。

贤者西来真君子，

儒雅长流渭水东。

（二）

半世英雄半世儒，

一生博学一世忠。

文心义胆真本色，

可追当年昌黎公。

卜算子·开春

——和韩忠学先生

梦醒日渐暖，

飞絮拂残雪。

但见杨柳迎风舞，

春来好时节。

煮酒邀百草，

万山人踊跃。

一腔碧血驱寒意，

此心千年热。

忆江南·广州好（三首）

（一）

广州好，澄水接云天。

阅尽风烟听浪语，酹歌把酒问千年。

醉挽五羊仙。

（二）

广州好，江碧涌春涛。

亚运赛场儿女健，彩云追月锦旗飘。

人面胜花娇。

（三）

广州好，细雨接春归。

花苑缤纷杨柳舞，秀山娇态暖风吹。

海阔鸟高飞。

鹧鸪天 · 寄友

雨润江城向晚晴，

五更零落一天星。

钩帘借月凉生户，

落笔沉思字忆卿。

槐酒酿，桂风兴，

指间飞信约幽亭。

闲心不惧庸人扰，

且共梅花听笛声。

浣溪沙·寄友人

收拾闲情欲问渠，
新词可否入诗乎？
遥遥一帖夜回予。

太白[1]长歌苏子[2]赋，
薛涛[3]不偶易安[4]孤。
殷勤劝读古人书。

释义

[1] 太白：李白。 [2] 苏子：苏轼。 [3] 薛涛（768—832年）：唐代女诗人，字洪度，长安（今陕西西安）人，被称为“女校书”。曾居浣花溪上，制作桃红色小笺写诗，后人称之为“薛涛笺”。 [4] 易安：南宋女词人李清照。

满江红·登鹳雀楼

黑瓦红楹，

层楼在，

白云飞处。

登正好，

碧空如洗，

目穷秦豫。

华夏中分檐下影，

声名远藉唐时句。

更东来紫气入西关，[1]

蒲州住。

释义

[1] 本句化用杜甫《秋兴八首》之五的诗句：“西望瑶池降王母，东来紫气满函关。”

杨柳岸，

桃花坞；

蔷薇蔓，

风荷举。

又霓虹焕彩，

日星神武。

折返长河归大海，

却教永济承甘露。

况优优[1]布政几番铺，

康庄路。

释义

[1] 优优：和缓宽大的样子。

李书磊中秋和柳忠秧诗

风神不振思汉唐，
暂将月明读华章。
潜心著书岂窥柳，
使气为文如磨枪。
数字世界万众喜，
八股乾坤几人伤。
对酒论文知音少，
忽念南国有忠秧。

何国平和柳忠秧诗

谁说今世无古贤，

柳郎俊逸赛神仙。

借得南海筝一曲，

引我知音上青天。

潘享清和柳忠秧诗

又闻春风住两岸，

不见白雪回江南。

青松有骨立山涧，

明月无意照孤单。

莫道前路无知己，

荆棘丛生花自伴。

煮酒南粤遥相邀，

雁子回时尽颜欢。

甘霖端午和柳忠秧诗

楚人有精神，

非狂亦不殇。

漫漫求索路，

三户秦必亡 。

附录一

（一）柳忠秧诗歌代表性作品列表

作品	创作时间	公开出版及发表
《常思千年国与家——举国迎战汶川特大地震灾害有感》	2008	《楚歌——柳忠秧古体诗选》
《大风歌》	2008	《楚歌——柳忠秧古体诗选》
《四十自画》	2008	《楚歌——柳忠秧古体诗选》
《梦登香山》	2009	《楚歌——柳忠秧古体诗选》
《岳阳楼醉》	2009	《岳阳晚报》
《君子常怀千年忧——诗歌岳阳南湖藏书楼主余三定》	2009	《岳阳晚报》
《楚歌》	2009—2012	《诗词报》《湖北日报》《亚太经济时报》
《怀乡》	2010	《楚歌——柳忠秧古体诗选》
《岭南歌》	2010	《人民之声》《光明日报》《河源日报》《茂名日报》《看世界》
《孤柳篇》	2010	《岳阳晚报》《亚太经济时报》
《天下洞庭天下楼》	2011	《岳阳晚报》《光明日报》
《楚颂》	2011	《楚歌——柳忠秧古体诗选》
《国骚——辛卯端午悲殇秭归屈原》	2011	《楚歌——柳忠秧古体诗选》
《岳阳楼顶的山河》	2011	《自由天下骑黄鹤——柳忠秧新诗选》

续表

作品	创作时间	公开出版及发表
《琴殇》	2011	光明网、《自由天下骑黄鹤——柳忠秧新诗选》
《中秋月祭》	2011	《楚歌——柳忠秧古体诗选》
《辛卯元宵节游岳麓书院感怀》	2011	《岳阳晚报》
《神龙诗章》	2012	《人民之声》
《天下江山黄鹤楼》	2012	《湖北日报》《湖北方志》
《风云》	2012	《自由天下骑黄鹤——柳忠秧新诗选》
《诗意珠江》	2012	《人民日报》
《圣美大江——感恩母亲河汉江和南水北调库区七十余万移民》	2012	《湖北日报》《楚天都市报》《经济日报》《中国铁路文艺》
《祭屈原》	2012	《岳阳晚报》
《大风》	2012	《岳阳晚报》
《哭长江》	2013—2014	《诗林》、北京地铁“4号诗歌坊”
《向阳湖的历史天空》	2014—2015	《香城都市报》、北京地铁“4号诗歌坊”

（二）柳忠秧诗歌代表性评论文章列表

名称	作者	公开发表或出版	时间
论《楚歌》的史诗品格	杨文军	《诗词之友》	2009
《楚歌》的文化意味	樊星	《人民日报》 《南方都市报》	2009
以“楚歌”召浪漫主义之魂——读柳忠秧《楚歌》	刘川鄂	《诗词之友》	2009
柳忠秧长篇史诗《楚歌》的标本意义——兼论当代中国诗歌创作的瓶颈与突破	郭军	《文心与诗魄——郭军评论文集》（华南理工大学出版社）	2010
呼唤新古风——说说柳忠秧和他的《楚歌》	李遇春	《文学教育（上）》	2010
长诗《楚歌》的自君天下精神	野牛	网易读书、天涯社区	2010
楚歌一曲动江城——读长篇古体组诗《楚歌》	谢冕	《光明日报》	2011
诗学追求与文化旨趣——评柳忠秧的《岭南歌》	李遇春	《人民日报》 《清远日报》	2011
浓墨重彩燃发豪情——评柳忠秧的《岭南歌》	古远清	《岭南歌：柳郎独唱岭南好》（广州出版社）	2011
柳郎独唱岭南好——诗品楚狂人柳忠秧	杨光治	《岭南歌：柳郎独唱岭南好》（广州出版社）	2011

续表

名称	作者	公开发表或出版	时间
视野与情怀——评柳忠秧的抒情长诗《天下洞庭天下楼》	余三定	《人民日报》	2011
大视野·大情怀·大境界——评柳忠秧《天下洞庭天下楼》	余三定	《湖南日报》	2011
诗言志，人之志——柳忠秧古风小议	赵镒生	网易读书	2011
“楚歌”破与立：突破瓶颈的今日之诗	郭军	《断裂与融合——当代中国诗歌创作的困境与出路》(中国文联出版社)	2012
古法传与承：新旧交融的明日之诗	郭军	《断裂与融合——当代中国诗歌创作的困境与出路》(中国文联出版社)	2012
岭南歌大风——读《岭南歌》浮想	陈世旭	《光明日报》	2012
世无孤品柳忠秧	王十月	《南方日报》	2012
《岭南歌》诗史唱大风	吕雷	南方网	2012
创新诗体，高歌岭南——评柳忠秧的长篇史诗《岭南歌》	熊国华	中国诗歌网	2012

续表

名称	作者	公开发表或出版	时间
诗歌英雄柳忠秧：一个人的诗文学风流	野牛	荆楚网	2012
悦赏楚人柳忠秧的长篇史诗《岭南歌》	樊星	中国诗歌网、南方网	2012
复兴“大武汉”的诗歌预言——评柳忠秧的《天下江山黄鹤楼》	李遇春	《湖北日报》《文艺争鸣》	2012
疏狂诗人的疏狂之作——评柳忠秧的《天下江山黄鹤楼》	余文祥	长江网、荆楚网、南方网	2012
自君天下巡江河——诗人柳忠秧新古体长诗《天下江山黄鹤楼》赏析	鲍海涛	搜狐网	2012
“自由天下骑黄鹤”——评柳忠秧《天下江山黄鹤楼》	余三定	《文艺争鸣》	2012
唱响黄鹤楼——读《天下江山黄鹤楼》	樊星	湖北日报网	2012
一吟《国骚》满座惊	李遇春	《大武汉》	2012
柳忠秧：一个人的诗文学之梦	野牛	中国诗歌在线	2013
湖北人写的岭南歌	野牛	荆楚网	2013

续表

名称	作者	公开发表或出版	时间
浅说南国诗人的江河气韵——读柳忠秧《岭南歌》有感	陈定家	荆楚网	2013
山与海的拥抱——评《岭南歌》的新史诗价值	金立群	南方网	2013
史诗气派的正气歌——《岭南歌》的历史观	严昌洪	《光明日报》	2013
岭南有绝唱 歌赋抒豪情——柳忠秧“文化史诗”的意蕴呈现与诗意情怀	庄伟杰	《山东诗人》	2013
诗歌呼唤黄钟大吕——赏析柳忠秧《岭南歌》的豪放之美	蔡宗周	荆楚网	2013
从古典精神走向当代生活——评柳忠秧的文化史诗《岭南歌》	徐肖楠	南方网	2013
柳忠秧与他的圣美大江情	刘简	水都网	2013
雾年读诗，2013 年中国诗歌概述	周瑟瑟	《中国文学年鉴》	2014
千年等一回：荡气回肠读《楚歌》	韦树定	东方网	2014

续表

名称	作者	公开发表或出版	时间
夜行者的灯笼——评柳忠秧的《岭南歌》	郭小东	《南方日报》	2014
总有风雨总有晴——论柳忠秧诗中的儒与道	王焱	南方网	2014
侠骨丹心　动地诗情——评柳忠秧诗歌	蒋述卓	《当代文坛》	2014
古体诗，新气象——谈谈柳忠秧的古体诗	樊星	《文艺争鸣》	2014
至情至性柳忠秧——读柳郎诗感怀	田亦书	搜狐网	2014
胸中块垒笔端诗，浅斟低唱见性情——浅析柳忠秧先生的五首绝句	韦散木	东方网	2014
柳忠秧：新楚骚诗派的奠基人	周瑟瑟	荆楚网	2014
论柳忠秧“新楚骚”诗派的“歌哭”文化基因——从古典走向现代，“歌哭”的南北漂移	周瑟瑟	荆楚网	2014
柳忠秧的底气、骚气、意气	庄伟杰	荆楚网、南方网	2014
把酒豪吟看柳郎——兼谈柳忠秧的诗歌表现形式	黄小遐	南方网	2015

续表

名称	作者	公开发表或出版	时间
新古典主义诗歌的根、干、枝——从柳忠秧的新古体诗歌集《楚歌》说开去	胡红栓	知乎·诗歌天地	2015
一曲《楚歌》鸣绝响——读《楚歌》谈古体“格律”的现代探索	孙绍振	《当代文坛》	2016
柳忠秧诗歌评论三题	孙绍振、蒋述卓	《当代文坛》	2016
从柳忠秧的长篇史诗《楚歌》谈诗歌创作瓶颈与突破	郭军	《百年诗问》（华龄出版社）	2017
他活出了诗意，无愧于这个时代	邓丽婷	腾讯网、凤凰网、搜狐网	2018
梦里长江少年郎，行吟岭南满头白——论柳忠秧诗歌的历史与逍遥	郑祥琥	中华文化财富网	2018
国有楚狂柳忠秧——诗人柳忠秧的现代诗歌文化意义	屈金星	中华文化财富网	2018
纪念诗人柳忠秧：逆光而行，走向阳光	柳恩铭	《新快报》	2018
柳郎在远方	柳恩铭	《羊城晚报》	2018

（三）柳忠秧主要文学活动列表

主题	时间	地点	媒体关注
一曲楚歌天下惊——柳忠秧《楚歌》研讨会在武汉举行	2010 年 5 月 19 日	武汉东湖公园	南方网
《岭南歌》唱响岭南文化——首发式在世博会广东馆发行	2010 年 10 月 28 日	上海世博广东馆	《广州日报》《南方日报》《羊城晚报》
诗人柳忠秧：诗颂广州有感而发	2010 年 12 月 21 日	广州镇海楼	《广州日报》
天涯社区文学主编朴素宣布柳忠秧获得“2009—2010 年度天涯社区诗歌特别贡献奖”	2010 年 12 月 27 日		《珠江时报》
“古诗新写”写出岭南“交响”——记长篇文化史诗《岭南歌》研讨会	2010 年 12 月 27 日	广州文化创意园	《珠江时报》
鄂籍诗人柳忠秧抒写历史：《岭南歌》手稿落户上海世博广东馆	2011 年 4 月 22 日		《楚天都市报》
诗人柳忠秧携祭屈原力作《国骚》出席海南海峡两岸诗歌高端论坛	2011 年 6 月 1—4 日	海南	光明网、新民网
诗人柳忠秧携《国骚》秭归祭屈原	2011 年 6 月 5 日	秭归	《楚天都市报》《楚天金报》《中国文化报》中国信息网

续表

主题	时间	地点	媒体关注
《岭南歌》手稿落户上海世博广东馆	2011年7月9日		《清远日报》
学者聚广州以诗会友 探讨岭南文化史诗《岭南歌》	2011年7月17日	广州	中新网
柳忠秧归故里献文化主题词：雄楚雄天宽　大江大武汉	2011年8月2日	武汉	《长江日报》
楚师奋起武昌红　千年皇祚黯然终——首义勇士柳凤池后人、诗人柳忠秧诗颂辛亥革命百年	2011年8月16日	广州	人民网、凤凰网、光明网
鄂籍诗人柳忠秧作客南国书香节讴歌岭南文化	2011年8月23日	广州	广东新闻网
湖北籍诗人柳忠秧为赤壁市拟创城市文化主题词	2011年8月26日	赤壁	荆楚网、长江网
东莞诗意秋光澄明　香都潮起《岭南歌》声——鄂籍诗人柳忠秧广东东莞开讲传颂岭南文化	2011年9月	东莞职业技术学院	
云海风动碧波唱　《岭南歌》起大潮惊——《信息时报》专访居粤鄂籍诗人柳忠秧	2011年11月21日	广州	《信息时报》

续表

主题	时间	地点	媒体关注
国家级重点名胜区岳阳楼聘请诗人柳忠秧为文学顾问	2011年12月14日	岳阳	
由谭五昌、陈旭光、李遇春、柳忠秧等国内新锐批评家与学者联合发起的首届“中国新锐批评家高端论坛”（2011年度）在广州市举行	2011年12月	广州	《云梦学刊》
万世师表　儒泽无疆——楚黄云深书院辛卯秋祭孔子，柳忠秧任主祭官	2011年	湖北云深书院	人民网、《湖北日报》
开头八个字推敲几个月“楚狂人”柳忠秧谈长篇岭南文化史诗《岭南歌》创作	2012年3月19日	惠州	《东江时报》
湖北文联、作协座谈柳忠秧长诗《天下江山黄鹤楼》	2012年3月29日	武汉	《云梦学刊》
忍得住寂寞　耐得住诱惑——“楚狂人”柳忠秧谈诗歌创作	2012年3月	武汉	《楚天金报》
柳忠秧诗歌研讨会在汉召开	2012年3月	武汉	《湖北日报》 《长江日报》 《长江商报》 《武汉晨报》

续表

主题	时间	地点	媒体关注
出自楚泽擎天勇　醉爱太白动地狂——诗人柳忠秧为大武汉赋大诗篇	2012年3月		《楚天都市报》
诗人柳忠秧：屈原之死换来文化和诗歌之生	2012年6月	秭归	新华网、南方网
柳忠秧　珠江边上楚狂人	2012年8月1日	广州	《南方日报》
南国书香节举办柳忠秧专场讲座	2012年8月17日	广州	《湖北日报》《长江商报》南方网、广州视窗
柳忠秧：岭南文化开风气之先	2012年	广州	《时代周报》
《岭南歌》北京之夜——柳忠秧诗歌研讨暨吟唱会	2012年12月	北京	
放歌岭南唱大潮——《岭南歌》诗集发布会暨诗歌研讨会	2012年12月	广州	《信息时报》
《天下江山黄鹤楼》研讨会	2012年	武汉	
湖北诗人柳忠秧的广州魔幻人生　他为广州写下《岭南歌》	2012年12月11日		《新快报》

续表

主题	时间	地点	媒体关注
《岭南歌》特别关注之夜——广东省文化学会成立二十周年庆典暨柳忠秧诗歌吟唱会	2013年1月12日	广州	《人民之声》
诗人、岳阳楼文学顾问柳忠秧新当选中国乡土诗人协会副会长	2013年6月	湖北	南方网
柳忠秧古体诗·新诗作品研讨会在岳阳举行	2013年11月23日	岳阳	
柳忠秧出席第六届珠江国际诗歌节并与马莉、朱子庆合颂《岭南歌》	2013年11月	佛山	南方网、搜狐网
第三届中国新锐批评家高端论坛暨柳忠秧诗歌作品研讨会在岳阳举行	2013年	岳阳	《湖南日报》
岭南文化“诗史”《岭南歌》的史学价值研讨会在粤召开	2013年	广州	南方网
粤海风韵　岭南精神——诗人柳忠秧唱响广东旅游和文化主题词	2013年	广州	
柳忠秧：传统文化如长江黄河是中华民族的乳房	2014年12月	湖北	文狐网、新华网、中新网

续表

主题	时间	地点	媒体关注
“《圣美大江》·柳忠秧诗歌作品研讨会”在武汉举行	2014年1月7日	武汉	新华网
柳忠秧诗歌作品研讨会在汉召开	2014年3月	武汉	《长江日报》
诗人柳忠秧携《哭长江》出席京港地铁公司“四号诗歌坊”公益活动	2014年7月	北京	搜狐网
旅粤诗人柳忠秧长诗入选京港地铁诗歌坊	2014年8月		《香港商报》
柳忠秧应邀出席李白故里“桃花潭诗歌节”	2014年8月	安徽桃花潭	
广东现代作家研究会南方诗歌研究院在广州成立，柳忠秧任执行院长	2014年8月	广州	
柳忠秧入驻北京最美乡村——顺义区柳庄户村，成为第一位驻村诗人	2014年8月	北京	南方网、中国诗歌网
柳忠秧出席大美清远·中国乡土诗会：文化强国先强诗，强诗先强乡土诗	2014年10月29日	清远	南方网
诗人柳忠秧城市主题词表述研讨会在北京召开	2014年10月22日	北京	荆楚网

续表

主题	时间	地点	媒体关注
诗词中国经典名家之柳忠秧：谈春江花月夜	2014 年 11 月	北京	《诗词中国》摄制组
柳忠秧：一位豪情万丈的当代诗人	2014 年	北京	作家网《作家访谈》节目组
柳忠秧出席第四届中国新锐批评家高端论坛	2015 年 1 月 12 日	长沙	凤凰网
柳忠秧出席大型文化史诗专题《诗话长江》新闻发布会，担任《诗话长江》总策划、总撰稿	2015 年 2 月	武汉	新华网、搜狐网
“美丽中国·城市故事——诗人柳忠秧撰创湖北省 16 城市文化主题词发布暨研讨会”在武汉举行	2015 年 9 月 14 日	武汉	
柳忠秧作为发起人之一出席第五届中国新锐批评家高端论坛并做“文学的民族性与民族史诗”专题发言	2015 年 11 月	成都西南民族大学	中国作家网
《岭南歌》：叩问青史的黄钟大吕——访著名诗人柳忠秧	2015 年	广州	《韶关日报》

续表

主题	时间	地点	媒体关注
柳忠秧出席中国诗歌春晚广东分会场“情韵珠江——2016 第二届广东诗歌春晚”。朗诵艺术家雨音和焦阳联袂朗诵柳忠秧作品《岭南歌》	2016 年 1 月 10 日	广东技术师范学院	
柳忠秧出席第二届中国诗歌春晚湖北分场暨第一届湖北《楚歌》春节联欢晚会。表演艺术家王国强演绎了柳忠秧的《楚歌》《天下江山黄鹤楼》等诗歌	2016 年 1 月 27 日	湖北仓埠山庄	
柳忠秧出席“2016 第二届中国诗歌春晚”	2016 年 1 月 30 日	北京国家会议中心	新华网
柳忠秧应邀到新华网福建分公司朗诵录制作品：柳忠秧 长歌当哭《哭长江》	2016 年 11 月	福建	新华网福建分公司《静夜诗》微信公众号
“2017 第三届中国诗歌春晚”颁奖典礼举行，柳忠秧摘得“凤凰年（2017）年度诗人”奖	2017 年 1 月	国家图书馆艺术中心	新华网

续表

主题	时间	地点	媒体关注
柳忠秧应邀到湖北云深书院拍摄电影《乡村儒学》	2017 年 10 月	湖北	
“2018 第四届中国诗歌春晚”上，朗诵艺术家雨音和宋重东联袂朗诵柳忠秧诗作《岭南歌》改革开放篇	2018 年 2 月 4 日	北京梅兰芳大剧院	网易

附录二

新古体诗写作与诗坛格局之我见

◎ 柳忠秧

现在诗歌界有许多人将新诗强调到凌驾一切的程度，将旧体诗贬低得一无是处。我以为这种观点是很偏颇的。实际上，旧体诗有旧体诗的功能，新诗无法取代，而且在形式层面还会继承旧诗的传统。现在我以辞赋体为例来说明我的看法。辞赋体糅合了楚辞、汉赋、古典诗词等中国传统文体的精华，她适合铺陈、抒写大历史、大文化。新辞赋体的最大特点是外散内律，比如郭小川的名作《青纱帐——甘蔗林》《团泊洼的秋天》就是扛鼎杰作，是自由体与格律体、长句与短句、散句与偶句相结合的典范，在诗体上显示了现代与传统的一种融合趋向。

我曾尝试用“新诗”的语言抒发历史长卷，但最终发现那是苍白无力的。这一幕幕厚重的史实、一个个鲜活的人物，如果用自由诗的方式表达，就好比几千年的一辈辈圣哲先贤穿着不合体的西装。如果是正版西装那还留点最后的体面。最要命的是，多年来海量的万紫千红的“新诗”实践（百年新诗的成就不可否认，但精品、力作不多）就如同千百万的中国人穿着千百种盗版的冒牌西装招摇过市：在西方人看来，我们是东施效颦，自取其辱；在中国人看来，这些所谓的“新诗”不过是鸡零狗碎、男盗女娼、梨花飞扬、口水汤汤。

其实一位真正的诗人，与生俱来就应有一种高度的文化自觉性。你面对几千年的历史和璀璨文化，怎能不诗情澎湃？这时你往往有创作史诗的冲动。史诗创作根植于厚重的历史，来源于丰富的生活。真正的诗人是有道义担当的，为情而奉，为爱而歌，穿越生死，自由而高贵……他在艺术方面也是有所继承的，他不可能把自己老祖宗的东西全部抛掉。

我以为，当下汉语诗歌文体实践应是以古体（包括民歌、诗经体、楚辞体、古风体、歌行体等）、近体（律绝、格律）、新诗即自由诗体为三大主流的并进格局。时下诗界常以格律诗和新诗为主流文体的谬传应该予以纠正。大家可以想想：屈原、李白、白居易、梁启超、黄遵宪及至文化大师饶宗颐等大诗人，都是古体诗的大家，写了大量非格律的名篇。《离骚》《天问》《梦游天姥吟留别》《长恨歌》《春江花月夜》《正气歌》《圆圆曲》《少年湖南歌》等都是非格律的古体诗之不朽煌作。文化大师饶宗颐的诗词歌赋等古、韵文成就中其五古、七古诗为最高，更是非格律的古体诗（当代不少学者大力提倡“新古体”）在当下能成为主流的力证。

我个人认为，诗歌不分新旧，只分好和坏。我们可以从诗之心、诗之魂、诗之翼、诗之骨、诗之胆、诗之情、诗之醉、诗之血、诗之悲、诗之美、诗之气、诗之真、诗之善、诗之理、诗之境、诗之道、诗之神、诗之灵、诗之哲、诗之圣等方面，来阐述诗歌的本质特征和诗学要素。

诗之心：无疑是数千年华夏文明滋润生长、长江黄河等万里山河哺育怀抱的中国心，有原生态的中国心才能真正成为世界的诗人。诗之魂：即民族魂——民族的脊梁与品格、人民的心声与尊严、社会的良知和理想、人间的正义和希望。诗之翼：优美、精妙、丰富、深刻、神奇的诗性语言才能让诗之精灵飞越长天，惊艳时空。诗之骨：铮铮铁骨，顶天立地，宁折不弯。诗之胆：琴心剑胆，侠肝义胆，肝胆相照，赤胆忠心。诗之情：至情至性，情怀天下，情满芳菲。诗之醉：醉唱天地，醉吟风雷，陶醉千古，春风沉醉。诗之血：血脉传承，血性高扬。诗之悲：悲悯、悲壮、悲惨、悲哀，生死穿越，大悲大痛。诗之美：大美无言，神美无追，圣美崇高，香草美人，香魂艳骨，美轮美奂，美妙绝伦。诗之气：或气若幽兰或气势如虹，气象万千，异彩纷呈。诗之真：烂漫天真，返璞归真，抱朴守真，去伪存真，真知灼见，真心实意，情真意切。诗之善：善良，褒善贬恶，陈善闭邪，善行天下，善莫大焉。诗之理：诗歌的内在逻辑、学理、脉络、理性，去伪文恶俗，真诗有理。诗之境：哀而不伤，欲盈还缺，大道微言，魂灵通透，情景交融，物我两忘。诗之道：大道正行，大道致远。纣王无道，诗歌有道。诗之神：精神，神性，神通，神感，神秘，神采，神灵，神圣。诗之灵：灵光一现，灵感迸发，灵魂出窍，灵通万象。诗之哲：与时代共命运，为民族启哲思。诗之圣：虔诚的追奉，灵魂的皈依和升华，凛然而圣洁，高尚而圣美。

他活出了诗意，无愧于这个时代

——柳忠秧妻子专访

◎ 黄徽（资深媒体人、专栏作家）

早在2018年2月4日，诗人柳忠秧的妻子邓丽婷女士应邀出席了在北京开幕的“2018第四届中国诗歌春晚”，著名朗诵艺术家雨音和宋重东朗诵了柳忠秧代表作之一《岭南歌（节选）》。

近日，笔者与邓女士进行了对话。没有想到的是，这次专访，虽然是追忆故人，但很多时候却令人忍俊不禁，有那么多愉快而温馨的回忆。邓丽婷女士多次感叹：“我真的是一不小心就嫁给了诗人！”从她的感叹中，我深切地感受到那种幸福、那种刻骨铭心的思念。

黄徽：在您心中，柳忠秧是一个怎样的人？

邓丽婷：我觉得他很风趣、幽默，跟他在一起很放松、很开心。他性格大气、霸气。我俩谈恋爱时，有次我很生气收拾了行李回老家，他把我送上车，车开动后，我听到他在后面喊：“过几天，老子把你娶回来啊。”没有事前约定，有好多次我下班前接到他电话：“老婆，我到你楼下了，晚上跟我一起去吃饭吧。”

在孩子面前，他非常柔软，跟传统父亲的角色有点相违背，他有童真的一面。小孩刚出生，他问了我好多次：“老婆，我什么时候才可以牵着他去散步啊？”在家，孩子们都会缠着他玩，他对孩子脾气好。女儿有次卷个纸筒“采访”他，关于读书的话题，他很认真回答。父女俩的对话很有深度。

他对亲朋好友热情、仗义，江湖义气浓。朋友托他的事，他很上心，甚至比对方还急。以前，我经常说他“总为他人作嫁衣”。他离开一个多月后，朋友们自发组织了纪念他的活动，他们发横幅内容给我的时候，我问是否要加“怀念”两字,朋友答：不用，柳郎还在我们身边。那天晚上，来参加活动的每个人都有发言，他们几乎都有共同的一句话，都说柳郎以前帮过他们。“至情至性”“温暖善良”是大家一致的评价。

他很执着。无论对谁，他认定的真理，会坚持到底。假如你的意见跟他不一致，那他一定会极有耐心地来说服你。他一生虽短，但我觉得他活出了诗意，活出了生命的永恒。我一不小心嫁给了他，他也带着我活出了诗意，我很想念他。

黄微：您认为柳忠秧先生是一个怎样的诗人？

邓丽婷：在柳恩铭大哥的追忆文章中，写到柳郎30年前就发表了诗作，当时的笔名叫“逆光”。1987年，柳郎在湖北新洲一中读高一，写了一篇文章《我的父亲亚先生》，获得湖北省首届教师节征文一等奖，同届获奖的还有现在的象棋大师柳大华以及著名作家池莉。柳郎常调侃自己，说做了文学的“逃兵”。其实，他很好学，在工作之余，先后三次到鲁迅文学院进修。

2003—2008年，他创作了大量的短诗，文学创作是他的业余爱好。2008年，他去了一趟岳阳楼，当时喝得酩酊大醉，他猛然抬头望见了范仲淹的《岳阳楼记》，霎时就被深深地震撼了，他说这是人在清醒时难以体会到的情感涌动。他突然觉得：“文章千古事，商人不应是我最终的角色！”

2009年是他人生的一大转折点，他决定弃商从文，完成他十几岁时就立志写关于楚文化史诗的心愿。经过多年的积累，他开笔写长篇楚文化史诗《楚歌》，从最初的几十行到最后500行定稿，五年辛苦创作，终于写就史诗大作《楚歌》。其间，还为世博广东馆倾情创作了长篇岭南文化史诗《岭南歌》。

他勤于学习，博览文史。每次创作长诗，他都会用麻袋拉回很多的书籍资料，然后通宵达旦地阅读。《楚歌》开篇第一句“夜读春秋寻大义”就能看出他的阅读习惯。为写好《岭南歌》，他查阅、研究了1000多万字的史料和大量的专著、典籍。从创作到修改历时有年，他日夜呕心以赴，沥血而抒，直至白发满头生，这在他的诗歌《伤春》里也有描写道：“梦里长江少年郎，行吟岭南满头白。豪饮热泪写悲诗，醉卧山河伤天籁。”

他一直坚持手写创作，再交由我来整理输入成电子文档。他在写《楚歌》《岭南歌》时，生活节奏全打乱了，用“耗尽心血”来形容他创作的艰辛一点都不为过。他创作长诗时，付出的太多太多，我心疼他。每当我有怨言的时候，他都会跟我说：“老婆，我保证写完这一首就不再写了。”

他热爱诗歌，却又不像一般人那样只停留在热爱上，他用灵魂写作，豁出半条命也要拿大制作来证明自己的创作才华。一次，他在东莞市民大讲堂的演讲中提到《楚歌》的创作艰辛时，曾经说：“好的作品值得用生命之泉去灌溉，绝不能急功近利。”

2011年，他从湖南岳阳拖回大量书籍，准备创作《天下洞庭天下楼》。对此，我颇有怨言。我已经不记得他当时说了什么话让我心软了，同意他写，但提出要求：诗歌可以写，但是不能熬夜、不能喝酒。得到许可，他像个孩子一样欣喜若狂。而自己也从那刻起，彻底被他从骨子里透出来的对诗歌的执着和狂热所感动，从心里默认了他就是那个“李太白”。

2011年5月，我跟他一起去屈原故里——湖北秭归参加“第三届屈原国际诗歌节”，他上台朗诵他的诗歌《楚歌》和《国骚》。当时，他拒绝使用现代音响设备，而返璞归真地使用各式碗碟杯筷等日用餐具作为吟唱的伴奏设备。现场观众都不约而同地起身为他的表演热烈鼓掌。我听到一位大姐激动地说：“这才是真正的诗人啊！”他对诗歌的那份狂热由此可知。

2012年9月，柳郎创作了《圣美大江》。这是一部感恩母亲河汉江和歌颂南水北调库区70万移民的作品。湖北为了全面展现南水北调中线工程的成果，由《湖北日报》《楚天都市报》向柳郎约稿创作此诗。当时只有一周的时间，柳郎最终用了六天就交稿了。《湖北日报》用整版刊登了《圣美大江》。柳郎自称并不是南水北调工程的忠实拥趸，但是却被梅洁的《山苍苍水茫茫》《大江北去》等作品真切地感动。为了写好这首诗，他整整六日不眠不休，让自己沉浸在那一段历史，去摸索、去了解、去探寻，一个个鲜活的故事在他面前跳动，时间太短，要表达的东西却太多……他就在这种迫切的心情中完成了《圣美大江》，为这项彪炳千秋的工程留下了壮丽的一笔。

2011年—2012年，柳郎诗歌高产，创作了《楚颂》《国骚》《天下江山黄鹤楼》《孤柳篇》《琴殇》等作品。

2013年—2014年，柳郎探索新文体，写出了批判破坏生态的悲壮长篇《哭长江》和长诗《向阳湖的历史天空》。前者长歌当哭，歌哭长江母亲的无尽苦难，唤起大家对长江生态的关注；后者抒写“文革”时下放向阳湖五七干校的文化名人的心灵史。《哭长江》是唯一一首在我边读边打字时就被感动得流泪的作品。

……

家国情怀，诗者仁心。就像流沙河先生所说的，当一个诗人是多么的困难，做一个出色的诗人更不容易，我觉得他都做到了，他无愧于这个时代。

黄微：您一直帮他整理输入文稿，可以说是他的第一个读者，请问您喜欢柳先生的诗歌吗?

邓丽婷：有时候你会因为了解这个作者，进而喜欢他的作品；有时候你也会因为了解这个作品，进而喜欢这个作者。我是两者都有。

他的诗歌一如其人，至情至性，磅礴大气，这与他“楚狂人”的性格相匹配。他的许多作品都能体现他的悲天悯人之心、民族大义、大爱、大胸襟和大情怀。每次读他的诗歌，读的是文字，看到的是“楚狂人”柳郎正在沉醉地吟诵着自己的诗歌，或慷慨激昂、或低沉悲伤。我尤其喜欢他写的《琴殇》，读起来能深深地感受到诗人在灵魂深处对“知音文化”的向往。

我觉得柳郎不仅仅是个诗人，他还是个历史学者。他熟悉历史、热爱山川，他的诗歌知识密度高，历史跨度大，还有许多的用典。由于我的文化水平有限，他的很多古体诗我还不能完全读懂。在诗歌方面，我觉得自己还是个小学生，所以不能站在专业角度来评论。

但关于柳郎诗歌的评论文章已经有上百篇，有全国各大院校专家教授写的，有各级社科院诗歌研究学者写的，有诗人写的，还有读者写的。前几年，有位文艺学硕士研究生的毕业论文课题是研究《岭南歌》，写下《岭南文化的诗性传达——读柳忠秧的〈岭南歌〉》。广东社会科学院专家、学者郭军出版了《百年诗问》专集，给我邮寄了几本，其中第三章和第四章有大量篇幅对柳郎的《楚歌》《岭南歌》等作品进行深入而全面的个案分析。

黄微： 您如何看待人们对柳忠秧诗歌的“争议”？

邓丽婷： 柳郎是永远的诗人。他以现代人的自觉开创了古诗古风新气象。自从他的《楚歌》问世以来，赞美者有之，批评者有之，“群殴”者亦有之。

赞美柳郎诗歌者主要集中在知识分子群体，尤其是传统文化修养深厚者，基本上呈一边倒持赞美态度。很多诗学前辈、大家，当柳郎的诗歌和他本人受到不公正“群殴”的时候，他们选择拍案而起，大义凛然地呵护。

批评柳郎诗歌者只是少数，其中包括一些没有真正了解他作品的人，但这种诗歌批评应当尊重，他的诗歌的成熟也应当有批评者的功劳。批评者说他的诗歌“俗”在赞美权力。一位文化学者曾经说：就“赞美权力”而言，有一种文明能离开权力吗？汉唐文明难道不值得赞美吗？权力如果用来全心全意为人民服务，难道不能赞美吗？柳郎部分作品主题的确是赞美，赞美阳光，赞美理想，赞美梦想，赞美祖国，赞美文化，赞美民族英雄。批评者的批评正好揭示了柳郎的诗歌作品与众不同的地方——这恰恰是中国诗歌的重要传统，源在《诗经》，流在楚辞、汉赋、唐诗、宋词。为我们民族的英雄歌唱，不应该吗？也许正是对英雄的歌颂和赞美这一诗歌传统促生了中华民族生生不息的精神动力。

至于说，受人唆使而丧失理性“群殴”柳郎及其诗歌的人们，因为无知所以“无罪”。在柳郎生前，对于这种“群殴”，我和家人默默地承受。现斯人已去，作为遗孀，有些压在我心里的话我还是想说：诗坛非理性的“群殴”伤害的不仅是柳郎，伤害的是诗坛，伤害的是诗歌，伤害的是中国文化。诗歌之好坏，应当留给读者评判，留给读者选择，留给历史检验。

黄微：柳先生去世后，给您留下两个年幼的孩子独自抚养，在这种情况下，您还为他整理诗稿、出版诗集，请问，是什么力量让您如此坚强？对未来，您有什么样的期许？

邓丽婷：这个问题是对灵魂的拷问。生命无常，他在或不在，养育孩子是我的天职，更是我这几年坚强成长的“内核”。我感恩两个孩子的陪伴。治愈是相互的，生命中有太多让我感动的事情。有天睡到半夜，我和女儿不约而同醒来了，她伸出小手，拉着我轻声说：“妈妈，我爱你。”爱永恒，在最艰难时期，我经常会运用心理学的“意象对话”，与柳郎建立链接，深深地感受他的爱和祝福，并传递给孩子们，让孩子们也深深地感受到这份爱的流动，这非常重要。

柳郎是在我们结婚后才开始逐步重拾文学，写诗歌。以前他去鲁迅文学院进修及在北师大求学，都会带着我陪读，同学们都说我们是“夫妻学员”。2008年下半年，他带着我游历了大半个中国，当中有去拜访名师。印象最深刻的是去拜访陈忠实先生，柳郎跟我说：西安特有文化，你若不信，我随便问个路人，他必知陕西省作家协会在哪儿。随后他找一保安问之，保安当即详细告之，末了加重一句："你们去拜访陈忠实、贾平凹吧！"这让我肃然起敬，深深地感受到文化的魅力。柳郎自写《楚歌》开始，便一发不可收拾，越写越有劲，他骨子里对诗歌的执着和狂热，已经不可阻挡。刚开始，对他这种身份的转变，我有点不能接受，心里想：我怎么一不小心就嫁了个诗人啊！

整理他的文稿，是我10多年来的工作内容之一，以前是被动的，有时候确实很烦。我曾提议，把文稿拿到打印店输入电脑，去过一次，他说：不行，别人看不清我写的字，错得一塌糊涂。有次跟我"预约"晚上10点改稿，结果，他临时对文稿不满，想改几个字，坐在电脑旁反复推敲，快12点了，我已经困极了，他还有个字没想出来，我就很不耐烦地发脾气，他也有歉意。但看到他绞尽脑汁在那里想，我又好内疚，觉得自己不该这样。

现在整理诗稿是主动的，已经上升到一种情怀了吧。过去他曾说：老婆啊，这些诗歌都是为你们写的。过去10多年，自己不知不觉也活到了他的理想追求里，每一首诗歌我都那么熟悉，渐渐地都成了我的精神寄托。他走后，除了悲痛，最深的感受是，感觉精神世界崩塌了，没了这份“工作”，感觉每一天都行尸走肉般活着。

有一天大哥跟我说，要出版柳郎的诗集。他们兄弟间肝胆相照般的深厚情谊深深地打动了我。我就按他的要求，开始整理文稿。在这一过程中，我感觉柳郎又活了，而且明显地感觉到精神世界的充实。人的精力是有限的，很多时候整理起来，我就忘了时间而透支了身体，有多少次因为触动往事过度悲痛而不能坚持，想放下。感恩家人一直以来的鼓励和支持，让我一次次地重拾信心，打开尘封的资料，再出发。整理文稿，同时也是在整理我们过去的点点滴滴，像放电影一样过了一遍又一遍，其中有欢笑、有泪水、有感动、有悲愤……

未来，依然相信美好。出版《柳忠秧诗歌选集》，除了纪念柳郎，更重要的是希望柳朗的诗歌精神和诗歌理想得到延续……